KB195144

글 고희정

이화여자대학교에서 과학 교육을 전공하고 석사 학위를 받았습니다.
중고등학교와 대학교에서 과학을 가르쳤고, 방송 작가로 일하며 《딩동댕 유치원》,
《방귀대장 뿡뿡이》, 《생방송 톡톡 보니하니》, 《뽀뽀뽀》, 《꼬마요리사》, EBS 다큐프라임
《자본주의》, 《부모》, 《인문학 특강》 등의 프로그램을 만들었습니다. 지은 책으로
《어린이 과학 형사대 CSI》, 《어린이 사회 형사대 CSI》, 《의사 어벤저스》,
《신통하고 묘한 고양이 탐정》, 《육아 불변의 법칙》, 《훈육 불변의 법칙》 등이 있습니다.

그림 최미란

서울시립대학교에서 산업디자인을, 같은 학교 대학원에서 일러스트레이션을
공부했습니다. 특유의 집중력으로 여러 어린이책에 개성 강한 그림을 그렸습니다.
그린 책으로 《글자동물원》, 《탁구장의 사회생활》, 《귀신 학교》, 《슈퍼맨과 중력》,
《독수리의 오시오 고민 상담소》, 《초능력》, 《삼백이의 칠일장》, 《이야기 귀신이 와르릉
와르릉》, 《슈퍼 히어로의 똥 닦는 법》, 《겁보 만보》, 《무적 말숙》, 《백점 백곰》 등이,
쓰고 그린 책으로 《집, 잘 가꾸는 법》, 《우리는 집지킴이야!》가 있습니다.

감수 신주영

서울대학교 법대를 졸업하고 사법 시험에 합격해 현재 법무 법인 대화 소속
변호사입니다. 어렸을 때 책을 읽으며 느끼는 행복감이 커서 작가가 되고 싶다는 꿈이
있었는데 변호사 10년 차에 법정 경험담을 소재로 《법정의 고수》를 출간하면서
작가로도 활동하고 있습니다. 《세빈아, 오늘은 어떤 법을 만났니?》, 《헌법 수업》,
《옛이야기로 만나는 법 이야기》, 《질문하는 법 사전》, 《우리가 꼭 알아야 할 법 이야기》,
《대혼돈의 사이버 세상 속 나를 지키는 법》 등 법률가로서의 경험을 살려 법을 매개로
사람과 사회를 들여다보는 책들을 썼습니다.

어린이 법학 동화

변호사
어벤저스

변호사 어벤저스
❹ 형법, 진짜 범인을 찾아라!

초판 1쇄 발행 2024년 12월 20일

지은이 고희정
그린이 최미란
감 수 신주영

펴낸이 김남전
편집장 유다형 | 기획·책임편집 임형진 | 편집 이경은 김아영 | 디자인 권석연
마케팅 정상원 한송 정용민 김건우 | 경영관리 김경미

펴낸곳 ㈜가나문화콘텐츠 | 출판 등록 2002년 2월 15일 제10-2308호
주소 경기도 고양시 덕양구 호원길 3-2
전화 02-717-5494(편집부) 02-332-7755(관리부) | 팩스 02-324-9944
홈페이지 ganapub.com | 포스트 post.naver.com/ganapub1
페이스북 facebook.com/ganapub1 | 인스타그램 instagram.com/ganapub1

ISBN 979-11-6809-125-2 (74810)
      979-11-6809-121-4 (세트)

KC
• 제조자명: ㈜가나문화콘텐츠
• 주소 및 전화번호: 경기도 고양시 덕양구 호원길 3-2 / 02-717-5494
• 제조연월: 2024년 12월 20일
• 제조국명: 대한민국
• 사용연령: 4세 이상 어린이 제품

가나출판사는 당신의 소중한 투고 원고를 기다립니다. 책 출간에 대한 기획이나 원고가 있으신 분은
이메일 ganapub@naver.com으로 보내 주세요.

변호사 어벤저스

④ 형법, 진짜 범인을 찾아라!

글 고희정 ✦ 그림 최미란 ✦ 감수 신주영

가나

증거를 다 모아서
경찰에 꼭
신고하세요.

절도범을 찾습니다.

이곳에서 5회에
걸쳐 물건을 훔친
사람입니다.
이 학생에 대해
아는 사람은 제보
바랍니다.

아이들이 점심을 먹고 막 사무실에 들어왔을 때였다. 하소연 사무장이 이범에게 택배 상자를 내밀며 말했다.

"이 변호사님, 택배가 왔는데요."

이범은 반가운 듯 활짝 웃으며 상자를 받았다.

"아, 네. 감사합니다."

유정의가 의아한 표정으로 물었다.

"증거 물품 올 거 있었어요?"

사건과 관련된 택배가 온 것인가 해서 물은 것이다. 이범이 고개를 저으며 대답했다.

"아니, 내가 주문한 거야."

권리아가 눈이 동그래져 물었다.

"선배 거라고요?"

이범의 별명은 '범생이'다. 뛰어난 머리에 성실함까지 갖춘

모범생이지만, 융통성이 좀 없는 스타일이라 붙은 별명이다.
그런데 그런 성격의 이범이 개인적인 물품을 사무실로 받았
다니, 의외라는 생각이 들었다. 이범이 얼버무리며 대답했다.

"응, 그냥 필요한 게 있어서……."

그러더니 재빨리 자기 방으로 들어가는 것이다. 도대체 뭐
길래 저러나 싶어, 아이들은 이범의 방으로 우르르 따라 들어
가며 물었다.

"뭔데요?"

"뭐 샀는데요?"

이범이 택배 상자를 탁자에 올려놓으며 말했다.

"별거 아니라니까."

하지만 그냥 물러날 아이들이 아니다. 유정의가 소파에 떡
하니 앉으며 말했다.

"그러니까 그게 뭐냐고요. 숨기니까 더 궁금하잖아요."

권리아도 말을 보탰다.

"아이참, 시원~하게 좀 풀어 보세요."

택배 상자를 풀어 안에 있는 물건을 보기 전까지는 절대 나
가지 않을 심산인 것이다. 이범은 두 손 두 발 다 들었다는 표
정으로 말했다.

"어휴, 알았다, 알았어."

그리고 택배 상자를 풀었는데, 이게 뭔가!

"어?"

상자 안에 신문지 뭉치와 벽돌 한 장이 들어 있는 것이 아닌가! 모두 놀라 어안이 벙벙한데, 양미수가 황당한 표정으로 물었다.

"벽돌을…… 주문했어요?"

이범이 당황해하며 고개를 저었다.

"아니, 내가 벽돌을 왜 주문해."

유정의가 깨달은 듯 손뼉을 치며 말했다.

"아, 이게 바로 말로만 듣던 벽돌 택배네!"

"벽돌 택배?"

권리아가 묻자, 유정의가 설명했다.

"택배로 물건을 주문했는데, 벽돌만 넣어서 보낸다고 해서 벽돌 택배야. 한마디로 사기를 당했다는 것이지."

사 기 란, 남을 속여서 자신이 경제적 이득을 얻거나, 다른 사람으로 하여금 이익을 얻게 하는 행위를 말한다.

"헐."

모두 어이없어 하는데, 유정의가 이범에게 물었다.

"선배, 이 택배, 중고 거래 사이트에서 시킨 거죠?"

"응, 단무지 마켓에서 샀어."

이범의 대답에 유정의가 답답한 표정으로 말했다.

"아이참, 중고 거래 사이트와 같이 온라인에서 물건을 살 때는 조심해야 해요. 뭐 샀는데요? 얼마짜린데요?"

그러자 이범이 난처한 표정으로 말했다.

"그게…… 아르테미스 피규어인데, 5만 원 정도 줬어."

아이들이 놀라 동시에 되물었다.

"5만 원이요?"

무슨 피규어를 5만 원이나 주고 샀단 말인가. 양미수가 물었다.

"아르테미스 피규어라면,《고스트 헌터》의 아르테미스요?"

"응."

이범이 얼굴이 붉어지며 대답했다. 유정의가 황당한 표정으로 물었다.

"그걸 왜……. 선배, 아르테미스 좋아해요?"

아르테미스는《고스트 헌터》라는 소설책에 나오는 불사의 여전사다. 아이들이 어렸을 때 엄청 유행했던 캐릭터로, 보통은 여자아이들이 좋아하는데……. 그걸 이범이 샀다고 하니 의아했다. 결국 이범은 솔직히 털어놓을 수밖에 없었다.

"그게 아니라, 며칠 있으면 리아 생일이잖아. 리아가 아르테미스를 좋아하니까 선물하려고……."

사기죄

사기는 나쁜 꾀로 남을 속이는 것을 말해.

사기(詐欺)
속일(詐) 속일(欺)

또 사기죄는 남을 속여서 자신이 경제적 이득을 얻거나,
다른 사람으로 하여금 이익을 얻게 하는 행위를 말하지.

안 갚을 거지룽~.

한 달 안에 꼭 갚을게.

꼭 갚아야 해.

사기죄가 성립되려면, 먼저 거짓말로 남을 속였다는 것이 증명돼야 해.

갚을 능력이 없는데 갚겠다고 했네요.

처음부터 갚을 생각이 없었던 거 맞죠?

네, 잘못했습니다.

사기죄 X

사기죄 O

사기죄를 저지르면, 「형법」 제347조에 의해 처벌받을 수 있어.

「형법」 제347조(사기)
사람을 기만하여 재물의 교부를 받거나 재산상의 이익을 취득한 자는 10년 이하의 징역 또는 2천만 원 이하의 벌금에 처한다.

남을 속여 경제적 이익을 얻은 죄

예상치 못한 대답에 권리아가 화들짝 놀라며 물었다.

"정말요? 저 아르테미스 좋아하는 거 어떻게 알았어요?"

이범이 피식 웃으며 대답했다.

"어떻게 모르냐. 학교 다닐 때 맨날 가방에 아르테미스 인형 달고 다니고, 책 여기저기에 스티커 붙여 놓고 그랬잖아."

"아, 그랬죠! 지금도 엄청 좋아해요. 헤헤."

권리아가 다이어리에 붙여 놓은 아르테미스 스티커를 보여 주며 말하자, 양미수가 감동한 표정으로 말했다.

"선배, 정말 감동이에요. 리아 생일을 기억하고, 선물까지 준비하다니."

"그러니까요. 고마워요, 선배."

권리아가 감사 인사를 하자, 이범이 한숨을 쉬며 말했다.

"휴! 고맙긴. 물건도 못 받고 벽돌만 받았는데."

그러자 유정의가 재미있다는 듯 웃음을 터뜨렸다.

"생각해 보니까 진짜 웃기네요. 명색이 변호사인데, 사기를 당하다니! 푸하하!"

이범이 정색하며 으름장을 놓았다.

"그만해라."

가뜩이나 속이 상한데, 놀리기까지 하니 말이다. 유정의가 얼른 입을 가리며 웃음을 멈췄다. 그러나 여전히 재미있어하는 표정이다. 양미수가 물었다.

"그런데 피규어가 왜 5만 원이나 해요?"

"초창기에 나온 아르테미스 피규어인데, 포장도 안 뜯은 새 상품이라고 비싸게 부르더라고."

이범의 대답에 권리아가 설명을 보탰다.

"그게 단종돼서 못 사는 상품이라 부르는 게 값이거든요."

"여하튼 을 보내기 전에 제대로 확인했어야죠."

유정의가 안타까워하며 말하자, 이범이 억울한 듯 판매자와 주고받은 문자 메시지를 보여 주었다.

"당연히 확인했지. 봐, 물건의 사진을 찍어서 보내 달라고까지 했다니까."

판매자의 이름은 박상민이었다. 문자에는 박상민이 보낸 물건의 사진이 전송되어 있었다. 유정의가 말했다.

"그러면 뭐 해요. 물건은 안 넣고 벽돌만 보냈는데."

그러더니 자신의 휴대 전화에 설치된 앱을 실행시켜 보여 주며 설명했다.

"자, 제가 방법을 알려 드릴게요. 경찰청 사이버캅이라는 앱이 있거든요. 여기 안전 거래를 위한 번호 검색창에 판매자의 전화번호나 계좌 번호를 입력하는 거예요. 선배한테 물건 판 사람의 전화번호가 뭐였죠?"

돈

돈은 물건이나 서비스를 사고팔 때 주고받는 지불 수단이야.

여기 1,000원이요!

맛있게 먹어요~.

'화폐'라고도 하지.

생활하는 데 필요한 물건이나 갖고 싶은 물건을 살 때도 돈을 내야 하고,

병원에서 진료를 받거나, 버스를 타거나, 놀이공원에 갈 때도
다 돈을 내야 하지.

돈은 우리가 살아가는 데 없어서는
안 될 중요한 물건이야.

그리고 돈은 상품이나 서비스의
가치를 나타내는 기준으로도 쓰여.

또 모아 두면 언제든 찾아서 쓸 수 있기 때문에, 그 금액만큼의
가치를 저장하는 수단이 되기도 해.

물건이나 서비스를 사고팔 때 주고받는 수단

"050-2128-1986."

이범이 대답하자, 유정의는 그 번호를 입력하며 말했다.

"그러면 최근 3개월간, 사기로 경찰에 3회 이상 신고된 번호를 알려 주거든요."

유정의의 별명은 '유스타'다. 어렸을 때부터 키즈 유튜버로 이름을 날렸고, 지금은 유명 인플루언서로 활약하고 있다. 그래서 사이버 세계의 일이라면 모르는 게 없다.

유정이가 바로 검색 결과를 보여 주며 말했다.

"이것 보세요. 6회나 신고된 번호잖아요."

"헉!"

이범이 충격에 입을 다물지 못하자, 양미수가 말했다.

"진짜 사기범이었네! 어떡해요, 선배."

권리아가 버럭 화를 내며 말했다.

"어떡하긴. 당장 경찰에 신고하고 잡아넣어야지!"

"5만 원인데……?"

이범이 난처한 표정으로 말하자, 유정의가 단호한 목소리로 말했다.

"5만 원이 적은 돈이에요? 그리고 선배처럼 얼마 안 되는 돈이라고 그냥 넘어가는 사람들 때문에 사기범들이 계속 사기를 치는 거예요. 증거를 다 모아서 경찰에 꼭 신고하세요."

유정의의 강력한 주장에 이범은 풀 죽은 목소리로 대답했다.

"알았어, 퇴근하고 경찰서에 가서 신고할게."

이범은 사기를 당한 것도 억울하지만, 권리아의 생일에 깜짝 선물로 주려 한 것을 망쳐 버려 더 속상했다.

그런데 바로 그때, 노크 소리가 들렸다.

"네, 들어오세요."

이범이 대답하자, 하소연 사무장이 들어와 말했다.

"고 변호사님이 회의를 소집하셨어요."

"어? 아침에 회의했는데요?"

권리아가 의아한 표정으로 물으니, 하 사무장이 대답했다.

"사건이요. 의뢰인이 와 계세요."

사건이라는 말에 아이들은 벌떡 일어났다.

"아, 네!"

"갈게요."

아이들 긴장 반, 기대 반의 마음으로 회의실로 향했다. 어떤 사건일까? 이번에도 잘 해결할 수 있을까?

"김해나. 중학교 2학년이고, 이쪽은 어머님이세요."

고 변호사가 아이들에게 의뢰인인 해나와 엄마를 소개했다.

"안녕하세요? 이범입니다."

이범이 먼저 명함을 내밀며 자기소개를 하자, 후배들도 각자 자기소개를 했다. 이어서 고 변호사가 간단하게 사건을 설명했다.

"해나가 최근 무인 문구점에서 다섯 번에 걸쳐 절도 행위를 했다고 고소를 당한 사건이에요."

절도란, 남의 물건을 훔치는 것을 말한다. 그런데 다섯 번이나 절도 행위를 했다니. 이범이 진지한 표정으로 물었다.

"그럼 절도 행위를 한 건 사실인가요?"

해나 엄마가 얼른 손사래를 치며 대답했다.

"아니요, 절대 아니에요. 우리 해나는 공부도 잘하고 반에서도 반장이에요. 동네에서 소문난 모범생이라고요. 그런데 절도라니, 말도 안 되는 소리죠."

그러자 이범이 법 조항을 설명했다.

"「형법」제329조, 타인의 재물을 절취한 자는 6년 이하의 징역 또는 1천만 원 이하의 벌금에 처한다. 제332조, 상습으로 제329조의 죄를 범한 자는 그 죄에 정한 형의 $\frac{1}{2}$까지 가중한다고 되어 있습니다."

「형법」은 범죄에 대한 형벌의 내용을 정한 법률이다. 어떤 행동이 범죄가 되고, 그 범죄를 저지른 사람에게 어떤 벌을 줄지 자세히 정해 놓은 것이다.

이범이 해나에게 물었다.

"그러니까 사실대로 말씀해 줘야 합니다. 정말 훔치지 않은 거 맞죠?"

해나 엄마의 주장이 아닌, 사건 당사자인 해나의 대답을 들으려고 하는 것이다. 아이들의 시선이 해나에게 쏠리자, 해나가 겁먹은 표정으로 대답했다.

"네, 훔치지 않았어요. 정말이에요."

그러자 유정의가 의문을 제기했다.

"훔치지도 않았는데, 왜 절도 혐의로 고소를 당한 거죠?"

해나 엄마가 기막혀 하며 대답했다.

"그러니까 억울한 거죠. 그쪽 말로는 물건이 없어진 날짜와 시간대에 해나가 문구점에 들어왔다 나가는 장면이 CCTV에 찍혔대요. 그리고 해나가 가방에 뭔가를 넣는 장면도 있다는 거예요."

사건이 발생한 장소는 지키는 사람 없이 자율적으로 물건을 살 수 있는 무인 문구점이었다. 주인은 계속해서 물건이 없어지자, 가게에 설치해 놓은 CCTV 영상을 확인하고, 해나를 범인으로 지목했다는 것이다.

형법

죄지은 사람이 벌을 받지 않으면 어떻게 될까?

아야! 사람을 때리면 어떡해요.

내 맘이야, 흥!

죄짓는 사람이 점점 더 많아질 테고, 그럼 사회는 혼란하고 위험해질 거야.

도둑이야!

나도 때려야지.

복수하겠어!

내가 가져야지.

무서워.

또 무엇이 죄인지, 죄를 지으면 어떤 형벌을 줄지 정해 놓지 않으면,
왕이나 권력자가 죄 없는 사람을 죄인으로 몰아 벌을 줄 수도 있어.

벌거숭이 임금님

내 흉을 봤으니, 사형에 처하라!

전 안 그랬어요. 모함이에요.

헉, 흉 봤다고 사형이라니!

그래서 국가에서는 범죄가 되는 행동과 범죄에 대한 처벌을
국회에서 만든 법률로 정해 놓았지.

이 법률이
바로 「형법」이야.

「형법」에는 어떤 행동이 범죄가 되고, 그 범죄를 저지른 사람에게
어떤 벌을 줄지 적혀 있어.

제260조 (폭행, 존속 폭행)
①사람의 신체에 대하여 폭행을 가한 자는
2년 이하의 징역, 500만 원 이하의
벌금, 구류 또는 과료에 처한다.

대한민국 「형법」은 1953년 9월 18일에 처음 제정된 후, 여러 번 개정되면서
현재까지 시행되고 있지.

「형법」 제260조에
의해….

범죄에 대한 형벌의 내용을 정한 법률

"영상에 해나가 절도 행위를 하는 장면이 찍히지는 않았다는 말씀인 건가요?"

권리아의 질문에 엄마가 대답했다.

"네, 제가 다 확인해 봤는데, 그냥 왔다 갔다 구경하는 장면밖에 없어요."

유정의가 해나에게 물었다.

"그럼 가방에 넣은 건 뭐였죠?"

해나가 엄마의 눈치를 보며 대답했다.

"머리끈이요."

"머리 풀고 손에 들고 있다가 가방에 넣은 거래요. 그런데 그걸 절도 증거라고 우기고 있는 거죠."

엄마가 억울해하며 말하자, 양미수가 해나와 해나 엄마의 마음을 헤아리고 말했다.

"많이 속상하고 억울하셨겠어요."

"네, 그런데 그것뿐만이 아니에요. 그 CCTV 영상에서 해나 사진을 캡처해서 문구점에 떡하니 붙여 놓았더라니까요, 절도범이라고."

해나 엄마의 말에 권리아가 표정을 굳히며 말했다.

"정말요? 그건 명예 훼손의 소지가 있는데요."

해나 엄마가 속상한 표정으로 말했다.

"그러니까요. 그걸 옆집 엄마가 보고 알려 줬는데, 얼마나 놀라고 기가 막히던지…….."

해나 엄마는 곧바로 해나에게 절도한 사실이 있는지 확인했고, 해나는 절대 아니라고 대답했단다. 그래서 화가 난 해나 엄마는 문구점 주인에게 가서 따졌다는 것이다.

"당장 사진을 떼어 내고 사과하라고 하니까, 싫다는 거예요. 명백한 증거가 있으니 해나가 도둑이라면서요."

이 일로 해나 엄마와 문구점 주인 사이에 큰 싸움이 벌어졌고, 결국 문구점 주인이 해나를 절도 혐의로 경찰에 고소한 것이다.

해나 엄마가 화난 표정으로 말을 이었다.

"그래서 그냥 넘어갈 수는 없다는 생각이 든 거예요. 해나의 억울한 누명을 벗기고, 문구점 주인을 명예 훼손으로 고소할까 하는데…… 가능할까요?"

듣고 있던 고 변호사가 자신의 의견을 말했다.

"일단 말씀하신 대로 고소인이 경찰에 증거로 제출한 CCTV 영상이 해나의 절도 행위를 입증할 만한 증거가 되지 못한다면, 경찰은 '혐의 없음' 의견으로 검찰에 불송치 결정을 내릴 거예요. 그러니까 그 부분은 크게 걱정하지 않으셔도 될 겁니다."

혐의가 없다는 것은 증거 부족 또는 상 범죄가 성립되지 않아 처벌할 수 없다는 뜻이다. 또 불송치는 송치하지 않는다는 뜻인데, 송치란 수사 기관에서 검찰청으로 피의자와 서류를 넘겨 보내는 일을 말한다.

"아, 네. 다행이네요."

해나 엄마가 표정이 풀어지며 말하자, 이범이 설명을 덧붙였다.

"그리고 명예 훼손은 공공연하게 사실이나 거짓의 사실을 드러내어 타인의 명예를 훼손하는 것을 말하거든요. 고소인은 해나가 절도 행위를 하지 않았음에도 거짓의 사실을 드러내어 명예를 훼손한 것이므로, 당연히 명예 훼손 혐의로 고소할 수 있습니다."

엄마가 만족스러운 표정으로 말했다.

"사실 누명을 쓴 것도 억울하지만, 온 동네에 소문이 난 게 더 창피하고 속상하거든요. 앞날이 구만리 같은 아이를 절도범으로 만들었으니까요. 그 사람이 잘못했다고 싹싹 빌 때까지 절대 안 봐 줄 거예요. 그러니까 변호사님들이 잘 좀 도와주세요."

고 변호사가 고개를 끄덕이며 말했다.

"네, 열심히 변호하겠습니다."

법률 / 송치

그렇게 아이들은 해나의 절도 사건을 맡게 되었다.

해나와 해나 엄마가 돌아가자, 고 변호사가 아이들에게 말했다.

"경찰서에 고소장이랑 증거로 제출된 CCTV 영상, 복사 신청해서 받으시고요. 훔치지 않았다는 해나의 주장을 뒷받침할 만한 증인이나 증거도 확보하세요."

고소인이 제출한 고소장과 증거물을 확인해야 고소인의 주장을 정확히 알 수 있다. 그래서 경찰서에 고소장과 영상 등의 증거물을 열람 복사하겠다고 신청하여 확인해 보는 것이다.

"네, 변호사님!"

아이들이 대답하자, 고 변호사는 회의실을 나갔다. 이범이 후배들에게 말했다.

"정의는 사무장님께 고소장이랑 증거 영상을 받아 달라고 부탁드리고, 리아랑 미수는 해나 친구들을 만나 보자."

"친구들이요?"

양미수가 묻자, 이범이 대답했다.

"응, 해나가 어머니 말씀대로 진짜 모범생인지, 최근에 절도와 관련된 수상한 행동을 한 적은 없었는지 알아봐."

"해나를 의심하는 거예요?"

유정의의 질문에 이범은 고개를 저으며 말했다.

조선 시대 최고의 법전, 경국대전

조선 시대에는 정치 이념인 유교에 따라 나라를 다스리기 위해 법치주의를 내세웠어.

법치주의

법치주의 법에 따라 나라를 다스려야 한다는 주의

이를 위해 세조는 조선 초기의 법전들을 모두 모은 새로운 법전을 만들기 시작했는데,

통일된 법전을 만들도록 하여라!

세조
조선의 제7대 왕

성종 때가 되어서야 완성되었어. 바로 이 법전이 조선 최고의 법전, 《경국대전》이지.

드디어 완성되었구나!

경국대전
(經國大典)

나라를 다스림 중요하고 큰 법전

1485년 반포

성종
조선의 제9대 왕

《경국대전》은 육전으로 이루어져 있는데, 정치, 경제, 사회, 문화의
기본 규범이 담겨 있어.

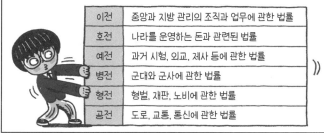

이전	중앙과 지방 관리의 조직과 업무에 관한 법률
호전	나라를 운영하는 돈과 관련된 법률
예전	과거 시험, 외교, 제사 등에 관한 법률
병전	군대와 군사에 관한 법률
형전	형벌, 재판, 노비에 관한 법률
공전	도로, 교통, 통신에 관한 법률

그래서 국가의 정책뿐 아니라, 백성의 일상생활도 《경국대전》을 따라야 했지.

그렇군! 고을 사또, 즉 지방 수령의 임기는 1,800일이다.

재판은 3회에 걸쳐 받을 수 있다.

남자는 15세, 여자는 14세가 되어야 혼인할 수 있다.

노비 여성의 출산 휴가는 90일이다.

이후 《경국대전》은 필요한 부분을 보완하면서 조선을 다스리는
기본 법전으로 쓰였어.

조선 시대 통치의 기준이 된 법전

송치

송치란, 수사 기관에서 검찰로 피의자와 서류를 넘겨 보내는 일을 말해.

송치(送致)
보낼(송) 이를(치)

경찰 POLICE → 검찰

고소, 고발이나 신고가 들어오면, 경찰은 피고소인(또는 피의자)을 수사해.
그리고 혐의가 있는지 없는지를 알아낸 후, 사건 일체를 검찰에 넘기는 것이지.

잘 봐준다고 하고, 돈 받은 거 맞죠?

절대 아니에요.

그런데 만약, 피의자의 혐의를 입증할 증거가 충분하지 않거나,
피의자의 혐의가 죄가 되지 않는다고 판명되면,

그냥 빌려준 돈 받은 거예요.

증거가 부족하네.

경찰은 피의자를 '혐의 없음'으로 검찰에 송치하지 않는다는
결정을 하는데 이를 불송치 결정이라고 해.

그럼 사건이 종결되고, 피고소인(피의자)은 범죄 혐의를 벗게 되는 것이지.

그러나 고소인 등이 '이의 신청'을 하면, 사건을 검찰에 송치할 수 있어.

수사 기관에서 검찰로 피의자와 서류를 넘겨 보내는 일

"진실을 명확히 파악하자는 거지. 박금순 씨 사건과 같은 실수를 되풀이하면 안 되니까."

얼마 전 아동 학대 혐의로 고소당한 사건을 맡았었는데, 피고인 박금순의 말만 믿고 제대로 조사하지 않는 바람에, 소송 중에 사임하는 일이 벌어졌기 때문이다.

권리아가 일리가 있다는 표정으로 말했다.

"중학교 2학년이면, 부모님이 알고 있는 것과는 다른 모습이 있을 수도 있긴 하죠. 집에서는 착한데, 밖에서는 나쁜 짓을 하는 아이들도 있더라고요."

그러자 유정의가 권리아를 가리키며 장난을 쳤다.

"딱 너네!"

권리아가 째려보며 유정의의 팔에 펀치를 날렸다.

"뭐래! 내가 언제 나쁜 짓을 했냐?"

"아야!"

유정의가 신음을 내더니, 억울한 표정으로 말했다.

"이것 봐, 이것 봐. 집에서는 착한 척, 모범생인 척하면서 밖에서는 이렇게 막 사람을 때리고……."

"나 화나면 무섭다."

권리아가 주먹을 불끈 쥐며 으름장을 놓자, 유정의가 몸을 피하면서 입으로는 약을 올렸다.

"에~."

권리아와 유정의, 둘은 맨날 이렇게 아웅다웅한다. 이범이 소란을 정리했다.

"장난 그만 치고, 빨리 일하자."

"아, 네. 알겠습니다."

권리아와 유정의가 입을 다물자, 양미수가 고개를 절레절레 저으며 말했다.

"내 그럴 줄 알았다."

양미수, 권리아, 유정의는 어린이 변호사 양성 프로젝트 2 기로, 함께 로스쿨을 다녔다. 그래서 양미수는 권리아와 유정의가 아웅다웅하는 것을 늘상 봐 왔기 때문이다.

그날 저녁, 권리아와 양미수는 학원가 햄버거 가게에서 해나의 친구 장예원과 유현희를 만났다. 둘은 해나의 사건에 대해 이미 들어 알고 있었다.

양미수가 물었다.

"해나랑 그 문구점에 간 적 있나요?"

장예원이 대답했다.

"네, 세 번 정도 갔어요. 그 문구점이 생긴 지 얼마 안 돼서 깨끗하고, 새로운 상품도 많거든요."

"물건도 사고 그랬나요?"

권리아의 질문에 유현희가 대답했다.

"네, 저희도 사고, 해나도 샀어요."

권리아가 다시 조심스럽게 물었다.

"그냥 확인차 물어보는 건데요. 해나의 행동이 좀 어색하다거나, 그런 적은 없었죠?"

"그럼요. 해나, 그런 아이 아니에요. 진짜 착한 아이예요."

장예원이 손사래를 치며 말하자, 권리아가 고개를 끄덕이며 말했다.

"네……. 반장이라고 하던데."

유현희가 말했다.

"맞아요, 공부도 잘해서 전교에서 2, 3등이나 해요. 인기도 많고요. 그리고 해나네 집, 부자예요. 아빠도 대기업에 다니시고요."

이번에는 양미수가 물었다.

"그런데 해나가 혼자 문구점에 몇 번 갔더라고요. 그건 알고 있었나요?"

"네, 해나가 선물을 줬거든요. 그런데 그게 저희랑 함께 문구점에 갔을 때 저희가 사고 싶은데 돈이 부족해서 못 산 것들이었어요."

장예원의 말에 유현희가 설명을 보탰다.

"그래서 생일도 아닌데 웬 선물이냐고 했더니, 그냥 그 문구점에 갔다가 생각나서 산 거라고 했어요."

권리아가 눈을 반짝 빛내며 물었다.

"그래요? 선물 받은 물건이 뭔데요?"

대기업

기업

기업이란, 이익을 얻기 위해 재화나 서비스를 생산하고 판매하는 조직을 말해.

기업(企業)

재화 사람이 바라는 바를 충족시켜 주는 모든 물건
서비스 생산된 재화를 운반, 배급하거나 생산, 소비에 필요한 인력을 제공하는 것

기업의 목적은 돈을 벌어 이익을 남기는 것이기 때문에 재화나
서비스를 만들어 시장에 공급하고 돈을 벌지.

그리고 그것을 임금이나 임대료, 이자, 세금 등으로 사용하고,
새 사업에 투자하기도 해.

이익을 얻기 위해 재화나 서비스를 생산하고 판매하는 조직

장예원이 대답했다.

"저는 인형이랑 파우치요."

권리아는 얼른 수첩에 받아 적었다. 유현희도 대답했다.

"전 다이어리랑 머리띠요."

권리아는 장예원과 유현희가 해나로부터 받은 선물들이 혹시 해나가 훔쳤다는 물건들과 연관이 있지 않을까 하는 생각이 들었다. 절도 혐의로 고소를 당한 바로 그 문구점에서 샀다고 하니 말이다.

권리아가 표정을 굳히며 물었다.

"해나한테 선물을 받은 친구들이 또 있나요?"

장예원이 권리아와 양미수의 표정을 살피며 대답했다.

"있긴 한데……."

유현희가 의심스러운 표정으로 물었다.

"왜요?"

양미수가 권리아의 의도를 알아차리고 얼른 둘러댔다.

"그냥 궁금해서요. 혹시 전화번호를 좀 알 수 있을까요?"

장예원과 유현희는 최근 해나로부터 선물을 받았다는 임주연, 송이서, 하은우의 전화번호를 알려 줬다.

권리아가 감사 인사를 했다.

"공부하느라 바쁠 텐데, 도와줘서 고마워요."

“아니에요. 그럼 수고하세요.”

장예원과 유현희가 인사하고 가게를 나갔다. 권리아가 수첩에 적힌 선물 목록을 가리키며 말했다.

“생일도 아닌데, 친구들한테 자꾸 선물을 한다? 그것도 그 문구점에서 사서? 수상하지?”

양미수가 고개를 끄덕이며 말했다.

“응, 좀……. 전화해서 더 확인해 보자.”

권리아와 양미수는 임주연, 송이서, 하은우에게 전화해 해나로부터 선물을 받은 적이 있는지, 어떤 물건들을 받았는지 확인했다. 아이들이 받은 선물들은 열쇠고리, 필통, 휴대 전화 고리 등이었다. 권리아와 양미수는 그 목록을 수첩에 잘 적어 두었다.

그런데 마지막으로 통화한 하은우가 망설이며 말했다.

“그런데요……. 이런 말 해도 되나?”

“그럼요, 무슨 말이든 괜찮아요. 아는 것 있으면 솔직하게 말해 주세요.”

권리아가 부탁하자, 하은우는 조심스럽게 털어놓았다.

“사실 저는 해나랑 별로 안 친하거든요. 그런데 갑자기 선물이라며 예쁜 휴대 전화 고리를 줬어요. 그래서 왜 주냐고 했더니, 그냥 저한테 어울릴 것 같아서 샀다는 거예요. 주는 거니

까 일단 받기는 했는데, 좀 갑작스러웠어요. 이유도 모르겠고
요. 그런데……."

"그런데요?"

권리아는 뒷말이 더 중요할 것 같은 느낌이 들었다. 하은우
가 말을 이었다.

"해나가 문구점에서 도둑질했다는 소문을 듣고 나니까 생
각이 나더라고요. 해나가 저한테 선물을 주기 전날이었어요.
제가 그 문구점 앞을 지나가는데, 해나가 문구점에서 나오는
거예요. 그런데 절 보더니 깜짝 놀라더라고요. 그때는 뭘 그렇
게 놀라나 했는데, 좀 이상하다는 생각이 들어서요."

"그게 언제였는지 기억나요?"

권리아의 질문에 하은우는 잠시 생각하더니 대답했다.

"지난주 화요일이니까 4월 11일이요."

4월 11일이라면, C C T V 에 해나가 가방에 뭔가를 집
어넣는 장면이 찍힌 날이다. 하은우가 말을 이었다.

"해나한테는 제가 말한 거 비밀로 해 주세요. 변호사님이라
니까 사실대로 말해야 할 것 같아 말씀드린 거니까요."

"그럼요, 걱정 마세요. 솔직히 말해 줘서 고마워요."

권리아는 인사하고 전화를 끊었다. 그리고 양미수에게 하은
우가 한 말을 전하자, 양미수가 말했다.

"수상하긴 하다."

권리아와 양미수는 찜찜한 마음이 들었다. 하지만 변호인이 섣불리 의뢰인을 의심하면 되겠는가.

"아니겠지."

권리아는 말하면서 마음속으로 빌었다. 해나와 해나 엄마가 거짓말을 하지 않았기를.

그런데 며칠 후였다. 이범이 사무실에 출근하자, 하 사무장이 반기며 말했다.

"김해나 고소 사건의 고소장이랑 증거 영상 복사본, 변호사님 책상에 올려 뒀어요."

"네, 감사합니다."

이범이 인사하고 방으로 들어가려는데, 때마침 출근한 유정의가 따라 들어왔다.

"저도 같이 봐요."

이범과 유정의는 먼저 고소장을 확인했다. 문구점 주인이 도난당했다고 신고한 물품은 인형, 파우치, 다이어리 등 확인된 것만 9개이고, 피해 금액은 13만 원 정도 됐다.

그런데 이범은 문득 생각나는 게 있었다.

"이 도난 물품 목록, 해나가 친구들한테 선물한 목록이랑 똑같은 것 같은데!"

CCTV

우리 주변 곳곳에는 아주 많은 CCTV가 설치되어 있어.

CCTV는 뭘까?

CCTV는 폐쇄 회로 TV를 뜻하는 영어를 줄인 말이야. 카메라와 카메라가 찍는 영상을 저장하는 녹화기로 구성되어 있지.

녹화된 걸 보려면 모니터도 필요해.

Closed - Circuit Television

카메라   녹화기   모니터

주정차 위반이나 속도위반 등을 단속하기 위해, 사람들의 안전이나 범죄 예방을 위해 설치하는 등 다양한 목적으로 이용하고 있어.

자연공원, 어린이집이나 유치원, 초등학교에는 의무적으로
CCTV를 설치하도록 법으로 정해져 있고,

목욕탕, 탈의실, 공중화장실 등 사생활을 침해할 우려가 높은 곳은
CCTV 설치가 금지되어 있어.

또 CCTV 영상은 범인이 누구인지 알아내거나 범인을 추적하는 데
결정적인 증거로 쓰이고 있지.

보안용 감시 카메라

권리아와 양미수가 이범과 유정의에게도 해나가 친구들한
테 선물했다는 물건의 목록을 알려 주었기 때문이다.

유정의도 말했다.

"그러네요. 인형, 파우치, 다이어리, 머리띠……. 진짜 똑같
은 것 같아요."

"리아랑 미수 불러 봐."

이범의 말에, 유정의는 권리아와 양미수에게 인터폰을 해서
이범의 방으로 오라고 했다.

권리아와 양미수가 오자, 이범이 고소장을 보이며 말했다.

"도난 물품 목록, 해나가 선물한 목록이랑 똑같지?"

권리아와 양미수가 보더니, 둘 다 눈이 동그래져 말했다.

"맞아요!"

"혹시나 했는데, 정말 해나가 훔친 거예요?"

유정의가 의견을 말했다.

"아니라면, 이렇게 똑같을 수 없지 않겠어?"

이범이 심각한 표정으로 말했다.

"증거 영상 확인해 보자."

고소인이 증거물로 제출한 CCTV 영상은 모두 6개. 그중 5
개는 해나가 혼자 문구점 안을 다니며 물건을 구경하고 있는
장면이 찍혀 있었다.

양미수가 고개를 갸웃하며 말했다.

"그냥 구경만 하는 것 같은데요."

그러자 유정의가 마지막 영상을 재생했다. 해나가 가방에
뭔가를 집어넣는 모습이 찍힌 영상이었다.

"가방에 뭘 넣는 것 같아?"

이범의 물음에 양미수가 대답했다.

"글쎄요, 잘 안 보이는데요."

해나가 카메라를 비스듬히 등지고 있어서 무엇을 집어넣는
지 잘 보이지 않았다.

"확대해 볼게요."

유정의가 해나의 손 부분을 확대했다. 하지만 CCTV 화질
이 좋지 않아 어떤 물건인지는 보이지 않았다.

"안 보이네요."

유정의가 안타까운 표정으로 말하자, 권리아가 눈썹을 찡그
리며 말했다.

"해나가 절도범이라는 증거로는 부족해 보이네요."

"하지만 고소장에 적힌 목록은 충분히 의심할 만하잖아. 해
나가 CCTV가 어디 있는지 알고 있어서 CCTV에 찍히지 않
게 훔친 거 아닐까?"

유정의의 추리에, 양미수도 의견을 보탰다.

"이상한 게 또 있어요. 물건을 샀다면 계산을 했을 텐데, 계산하는 모습이 하나도 안 찍혀 있어요."

영상에는 해나가 문구점 여기저기를 구경하다 그냥 나가는 모습들만 찍혀 있었기 때문이다.

"그러네!"

권리아가 말하자, 유정의가 물었다.

"이제 어떡해요?"

이범이 대답했다.

"고 변호사님께 보여 드리고 결정하자."

시간을 보니, 마침 회의 시간이었다. 아이들은 함께 회의실로 향했다.

이범이 고소장을 보여 주며 의견을 말하자, 고 변호사의 표정이 굳었다.

"해나를 만나서 다시 조사해 봐야겠네요."

"사무실로 오시라고 하겠습니다."

이범이 대답하고, 곧바로 해나 엄마에게 전화했다.

"조사할 것이 있어서요. 오늘 사무실에 오셨으면 합니다."

해나 엄마가 곤란한 듯 대답했다.

"학원 수업이 많은데……. 수학 학원만 끝내고 갈게요. 수학 학원은 빠질 수가 없어서요. 6시 반쯤 될 것 같아요."

이범은 좀 난감했다. 사실 오늘이 권리아의 생일이라 퇴근 후 함께 생일 파티를 하자고 약속했기 때문이다.

"잠시만요."

이범이 수화기를 손으로 막고, 고 변호사와 후배들에게 의견을 물었다.

"저녁 6시 반이나 돼야 오실 수 있다는데요."

고 변호사가 선뜻 대답했다.

"괜찮다고, 오시라고 하세요."

고 변호사가 괜찮다는데, 아이들이 안 된다고 할 수는 없는 일이었다. 아이들은 아쉬운 눈짓을 교환했다. 잔뜩 기대하고 기다리던 권리아의 생일 파티가 물 건너가 버렸으니 말이다.

이범이 해나 엄마에게 고 변호사의 말을 전했다.

"네, 그럼 그때 뵙겠습니다."

이범이 전화를 끊자, 고 변호사가 말했다.

"해나가 오면, 권 변호사와 양 변호사가 이야기를 나눠 보는 게 좋을 것 같아요. 우리와 어머니까지 있으면 해나가 솔직히 털어놓기 힘들 수도 있으니까요."

"네, 알겠습니다."

"그렇게 하겠습니다."

권리아와 양미수가 대답했다. 그리고 6시 반이 조금 넘은 시간, 해나와 해나 엄마가 사무실에 왔다. 고 변호사가 해나 엄마에게 말했다.

"해나 어머님, 잠깐 저랑 말씀 좀 나누시죠."

"아, 네."

해나 엄마가 대답하고 고 변호사 방으로 가자, 권리아가 해나에게 말했다.

"우리도 얘기 좀 해요."

권리아와 양미수는 해나를 데리고 회의실로 갔다. 권리아가 해나의 표정을 살피며 물었다.

"친구들을 만나 봤는데요. 친구들한테 여러 번 선물을 했더라고요."

"네……. 그런데 왜요? 그게 문제가 되나요?"

해나는 아무렇지도 않은 척하며 말했다. 하지만 불안한 표정이 역력했다. 친구들로부터 변호사들이 무엇을 물어봤는지, 자신들이 어떤 대답을 했는지 들은 모양이었다.

권리아가 조심스럽게 말을 꺼냈다.

"그런데 선물한 물품들이 문구점에서 도난당했다는 물품

목록과 완전히 일치해서요."

순간, 해나의 눈빛이 크게 흔들렸다. 양미수가 물었다.

"솔직히 말해 줘야 해요. 친구들한테 선물한 거, 정말 훔친 물건이 아니에요?"

"아니에요. 제가 산 거예요."

해나는 강력하게 부인했지만, 얼굴이 빨개졌다. 거짓말을 하고 있는 것 같았다. 권리아가 부드럽지만 단호한 목소리로 말했다.

"CCTV 영상에 계산대에 가서 물건값을 계산하는 모습이 하나도 안 찍혔어요. 그런데 어떻게 샀다는 거죠?"

해나는 어떻게든 빠져나가려고 둘러댔다.

"다른 데서 산 거예요. 문구점이 뭐 거기밖에 없나요?"

"어디에서 샀는데요?"

권리아가 집요하게 묻자, 해나는 말끝을 흐렸다.

"학교 앞이요. 학교 앞 문구점에서……."

양미수가 부드러운 목소리로 해나를 설득했다.

"친구들한테는 그 문구점에서 샀다고 했잖아요. 자꾸 거짓말하면 되돌리기 힘들어져요."

"맞아요, 그러다 탄로 나면 더 큰 을 받게 될 거예요. 그러니까 지금이라도 사실대로 말하는 게 좋아요."

형벌

형벌은 범죄를 저지른 사람에게 제재를 가하기 위해
국가가 주는 불이익을 말해.

형벌(刑罰)
형벌(형) 벌줄(벌)

크게 네 가지 종류로 나눌 수 있는데,
생명형은 범죄자의 생명을
빼앗는 형벌이야.

생명형

사형을 선고한다!

흑흑.

자유형은 범죄자를 일정한 장소에
가두어 신체의 자유를 누리지
못하게 하는 형벌이지.

자유형

징역 교도소에 가두어 노동을 시키는
형벌
금고 교도소에 가두기만 하고 노동은
시키지 않는 형벌
구류 1일 이상 30일 미만 동안 교도소나
경찰서 유치장에 가두는 형벌

명예형은 범죄자의 자격 또는 명예를 빼앗거나 정지하는 형벌이고,

재산형은 범죄자로부터 재산을 빼앗는 형벌이야.

자격 상실 일정한 자격 또는 명예를 빼앗는 형벌
자격 정지 일정 기간 동안 자격이 정지되는 형벌

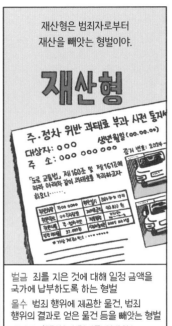

벌금 죄를 지은 것에 대해 일정 금액을 국가에 납부하도록 하는 형벌
몰수 범죄 행위에 제공한 물건, 범죄 행위의 결과로 얻은 물건 등을 빼앗는 형벌
과태료 행정상의 질서를 위반하는 행위에 가해지는 벌

범죄자는 수사 기관이나 사법 기관을 통해 범죄의 종류와 정도에 따른 형벌을 받게 돼.

당신을 절도죄로 체포합니다.

징역 1년에 처한다.

범죄를 저지른 사람에게 주는 불이익

권리아의 말에 해나는 고개를 숙이며 입을 꾹 다물었다. 어떻게 해야 할지 고민하는 것 같았다. 권리아가 다시 조심스레 물었다.

"어머니께 혼날까 봐 그래요?"

그러자 해나가 갑자기 울음을 터뜨리며 말했다.

"흑흑, 엄마가 알면 저 엄청 혼날 거예요. 어쩌면 집에서 쫓겨날지도 몰라요."

아이들이 봐도 해나 엄마는 아주 엄격해 보였다. 또 해나가 공부도 잘하고 모범생인 것에 대해 큰 자부심을 갖고 있는 것처럼 보였다. 그러니 해나가 도둑질을, 한 번도 아니고 다섯 번이나 했다는 사실을 알게 된다면 해나 엄마가 어떻게 반응할지, 아이들은 안 봐도 뻔했다. 해나도 그걸 걱정해 엄마에게 거짓말을 한 것이다.

해나가 솔직하게 털어놓았다.

"처음에는 무서워서 절대 아니라고 거짓말을 했는데, 엄마가 문구점 주인아주머니랑 싸우는 걸 보니까 더 말할 수가 없었어요."

권리아가 안타까운 표정으로 말했다.

"그래도 그때 솔직히 말했으면, 잘못했다고 사과하고 물건값 물어 주고 끝났을 거예요. 그럼 경찰에 고소까지 당하지는 않았을 거 아니에요."

해나가 눈물을 뚝뚝 흘리며 말했다.

"어떡해요. 흑흑."

그동안 말은 못했어도 엄청 마음고생을 한 것이다. 양미수가 위로했다.

"이제라도 어머님과 문구점 주인아주머니께 솔직히 말하고 사과하면 돼요. 그럼 용서해 주실 거예요."

권리아가 말을 보탰다.

"주인아주머니께 고소 취하해 달라고, 저희가 잘 설득해 볼게요."

해나가 눈물을 닦으며 고개를 끄덕였다.

"네."

결국 문구점 절도 사건은 해나의 짓이었음이 밝혀졌다.

권리아가 회의실을 나가자, 앞에 이범과 유정의가 기다리고 있었다. 권리아가 고개를 끄덕이자, 이범은 고 변호사 방으로 가서 알렸다.

"회의실로 오시면 될 것 같습니다."

고 변호사는 그사이 해나 엄마에게 아이들이 조사한 상황을 전했다. 하지만 해나 엄마는 해나가 그럴 리 없다며 믿으려 하지 않았다. 고 변호사가 해나 엄마에게 말했다.

절도죄는 다른 사람의 재물을 몰래 훔쳐서 가지는 범죄를 말해.

여기서 재물이란 눈으로 볼 수 있는 물건뿐 아니라,

사람이 관리할 수 있는 동력인 전기, 수도 등도 속해.

또 꼭 경제적인 가치가 있지 않더라도 재물로 인정할 수 있어.

버린 거니까 괜찮겠지.

절도죄는 「형법」 제329조에 의해 처벌받고, 상습범인 경우에는 형의 $\frac{1}{2}$까지 가중 처벌될 수 있어.

「형법」제329조 (절도)
타인의 재물을 절취한 자는 6년 이하의 징역 또는 1천만 원 이하의 벌금에 처한다.

절취 남의 물건을 몰래 훔쳐서 가짐

그러니까 남의 재물은 절대 훔치면 안 돼.

NO!

다른 사람의 재물을 훔쳐서 가지는 범죄

"해나의 얘기를 들어 보시죠."

그러자 해나 엄마는 벌떡 일어나 회의실로 오더니, 다짜고짜 해나를 다그치기 시작했다.

"해나야, 너 정말 도둑질했어? 절도범이 너 맞냐고?"

해나가 겁에 질린 표정으로 대답했다.

"네."

해나 엄마가 기가 막힌 듯 가슴을 치며 말했다.

"말도 안 돼. 네가 왜 도둑질을 해? 용돈도 부족하지 않게 주잖아. 네가 사고 싶다는 것도 다 사 주고. 그런데 도대체 뭐가 부족해서 도둑질을 하냐고!"

"흑흑."

해나가 울음을 터뜨리자, 해나 엄마가 화를 냈다.

"왜 울어? 이런 엄청난 일을 저질러 놓고, 절대 아니라고 거짓말까지 해 놓고, 왜 우냐고!"

고 변호사가 해나 엄마를 말렸다.

"어머님, 진정하세요."

"아유, 내가 창피해서 원……."

해나 엄마는 속상해 어쩔 줄 몰라 했다. 고 변호사가 차분한 목소리로 권했다.

"지난 일은 어쩔 수 없고, 이제는 잘 수습하는 것이 중요하지 않겠습니까? 고소인에게 사과하고 물건값을 보상하시면서 고소를 취하해 달라고 하는 게 가장 좋은 방법입니다."

그러자 해나 엄마가 가슴을 진정시키며 물었다.

"그럼 해나가 벌을 안 받게 되나요?"

고 변호사가 설명했다.

"절도죄는 반의사 불벌죄가 아니기 때문에 고소를 취하해도 수사는 계속 진행됩니다. 하지만 해나가 아직 미성년자이고, 반성하고 있는 점 그리고 피해가 복구됐다는 점 등을 고려해 기소 유예로 마무리될 수 있을 겁니다."

반 의 사 불 벌 죄 란, 사건의 수사가 이미 시작되었더라도 피해자와의 합의를 통해 처벌을 면할 수 있는 범죄를 말한다. 그러나 절도죄는 반의사 불벌죄에 해당되지 않는다. 그러니 고소인과 합의하더라도 경찰 조사를 받아야 하고, 경찰은 사건을 검찰에 송치할 수밖에 없다.

다만, 검찰에서 정상(있는 그대로의 사정과 형편)을 참작(이리저리 비추어 보아서 알맞게 고려함)해 기소 유예를 내릴 확률이 높다는 것이다. 기소 유예는 검사가 형사 사건에 대하여 범죄의 혐의를 인정하지만, 범인의 성격, 연령, 환경, 범죄의 경중 등을 참작하여 공소를 제기하지 않는 것을 말한다.

해나 엄마는 잠시 생각하더니, 고개를 저으며 말했다.

반의사 불벌죄

반의사 불벌죄는 피해자가 가해자의 처벌을 바라지 않는다는
의사를 표시하면 처벌할 수 없는 범죄를 말해.

폭행죄, 협박죄, 명예 훼손죄 등이 반의사 불벌죄에 해당되지.

피해자의 의사를 존중하고, 당사자 간의 화해를 촉진시키며, 가벼운 범죄를
저질렀는데 전과자가 되는 경우를 줄이기 위한 것이지.

전과자 전에 죄를 지어서 형벌을 받은 일이 있는 사람

피해자는 1심 판결 전까지 처벌을
원하지 않는다는 의사 표시를
해야 하고, 한번 고소를 취하하면
다시 고소할 수 없어.

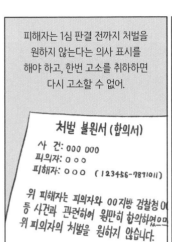

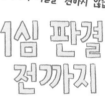

그럼 경찰 단계에서는 '불송치',
검찰 단계에서는 '공소권 없음',
1심까지 간 경우는 법원이
'공소 기각'을 선고하게 되지.

그러나 이 법을 악용해 가해자가 피해자에게 합의를 강요하거나
유인하는 경우가 있어서 문제가 되기도 해.

피해자가 처벌을 원치 않는다는 의사를 표시하면 처벌할 수 없는 범죄

"안 돼요. 해나가 도둑질한 걸 인정하면 동네에 소문이 날 텐데, 그럼 해나는 나쁜 아이로 찍힐 거예요. 해나 앞에 절도 범이라는 꼬리표가 붙을 거라고요. 그럼 우리 해나 어떡해요? 창피해서 학교도 못 다닐 거예요."

엄마의 말에 해나는 큰 소리로 울음을 터뜨렸다.

"엉엉."

해나 엄마도 속이 상해 눈물을 흘렸다.

"어쩌다 이런 일이 생겼는지……."

아무리 자식이 잘못했다고 해도, 부모는 자식의 앞날을 걱정할 수밖에 없는 모양이다. 아이들도 앞으로 해나에게 일어날 일들을 생각하니 마음이 아팠다. 잘못된 행동을 했지만, 아직 어린 나이고, 또 한창 예민한 때라 사람들의 시선에 상처받기도 쉬울 테니 말이다. 하지만 그렇다고 그냥 덮고 넘어갈 수도 없는 일 아니겠는가.

그런데 해나 엄마가 간절하게 부탁했다.

"그러니까 지난번에 말씀하신 대로 해나가 무혐의를 받게 해 주시면 안 될까요? 그래야 우리 해나가 살아요. 제발 부탁이에요."

고 변호사와 아이들은 난감했다. 해나가 도둑질한 사실을 덮어 달라는 뜻이니 말이다.

고 변호사가 해나 엄마를 설득했다.

"어머니, 그건 좋은 방법이 아닌 것 같습니다."

하지만 해나 엄마는 고 변호사에게 매달렸다.

"CCTV 영상만으로는 절도를 증명할 증거가 못 된다고 하셨잖아요. 그러니까 해나가 자백만 하지 않으면 괜찮은 거 아닌가요?"

고 변호사가 난처한 표정으로 해나를 보더니, 해나 엄마에게 말했다.

"그러면 어머니, 하루만 더 생각해 보시는 건 어떠세요? 해나를 위한 가장 좋은 방법이 뭔지요. 내일 경찰 조사는 제가 좀 미뤄 놓겠습니다."

내일이 해나가 경찰에 출두해 조사를 받는 날인데, 거기 가서도 거짓말을 할 수는 없으니 말이다. 해나 엄마가 고 변호사의 의견을 받아들였다.

"알겠습니다. 그렇게 할게요."

해나와 해나 엄마는 어두운 표정으로 집으로 돌아갔다.

범행의 이유

마지막으로 물을게요.
훔친 이유가 뭐죠?

그냥요……

"어떻게 생각하시나요?"

고 변호사가 아이들에게 의견을 물었다. 양미수가 조심스레 자신의 생각을 말했다.

"박금순 씨와 같은 경우이긴 한데…… 해나가 아직 미성년 자라서 어떻게 해야 할지 잘 모르겠어요."

박금순은 성인이고, 자신의 범죄에 대해 전혀 반성하지 않았다. 또 박금순이 거짓말한 사실을 밝히지 않으면 또 다른 피해자가 발생할 수 있는 상황이라 바로 사임하는 것으로 의견을 모았었다. 하지만 해나 사건은 피해 금액이 크지 않고, 해나가 진심으로 반성하고 있으며, 무엇보다 해나가 아직 미성년자라 해나의 앞날에 대해 걱정하지 않을 수 없었다.

이범이 의견을 말했다.

"하지만 나이가 어리다고 자신의 잘못된 행위를 책임지지 않으면 안 된다고 생각합니다. 오히려 그게 해나의 앞날을 망칠 수도 있지 않을까요?"

역시 이범은 옳은 말만 한다. 유정의도 동의했다.

"맞아요, 바늘 도둑이 소도둑 된다는 속담도 있잖아요. 지금 확실하게 잘못을 깨닫고 책임지게 해야 합니다."

고 변호사가 권리아를 쳐다보며 물었다.

"권 변호사의 의견은요?"

권리아가 머뭇거리며 말했다.

"저는…… 좀 더 생각해 보고 싶습니다."

아이들은 권리아의 대답에 놀랐다. 권리아는 맺고 끊는 것이 정확한 편이다. 또 불의를 보면 절대 참지 않는다. 그런데 좀 더 생각해 보겠다니.

권리아가 말을 이었다.

"아까 해나 어머님이 용돈을 충분히 준다고 하셨잖아요. 그리고 해나가 훔친 물건들이 다 별로 비싸지 않은 물건들이에요. 그럼 자기 용돈으로도 살 수 있었을 텐데, 왜 훔쳤을까요? 그게 궁금해서요."

유정의가 의견을 말했다.

"소비 습관이 잘못 든 거 아닐까요? 아무리 많은 용돈을 줘도 과소비하는 습관이 있으면 부족할 수 있잖아요."

소 비

소비는 필요한 물건이나 서비스를 구입하기 위해 돈을 쓰는 것을 말해.

소비(消費)
사라질(소) 쓸(비)

소비는 우리가 살아가는 데 꼭 필요한 활동이야.
그리고 이러한 소비 활동을 하는 사람을 '소비자'라고 하지.

소비자

소비를 하려면 돈이 필요해. 문제는 갖고 싶은 건 많은데,
소비할 수 있는 돈은 한정적이라는 거지.

장난감
사 주세요.

어제도
사 줬잖아.

그래서 소비를 할 때는 형편에 맞게, 미리 계획을 세워서,
꼭 필요한 곳에 해야 해.

형편에 맞지 않는 과소비를 하게 되면 빚을 지게 되는 등
경제가 어려워질 수 있거든.

그러니까 어렸을 때부터 합리적이고 계획적인 소비 습관을 길러야 해.

필요한 물건이나 서비스를 구입하기 위해 돈을 쓰는 것

양미수가 고개를 갸웃하며 말했다.

"그건 아닌 것 같아요. 해나는 훔친 물건 9개 중 7개를 친구들에게 선물했어요. 친구들이 갖고 싶어 했던 물건들이었죠. 물건에 대한 욕심 때문에 훔친 게 아닌 거예요."

이범이 고개를 갸웃하며 말했다.

"친구들한테 잘 보이고 싶었던 것 아닐까요? 친구 관계에 어려움이 있어서 선물로 환심을 사려 했던 거죠."

권리아가 반대 의견을 말했다.

"그럼 자기 으로 사서 주면 되잖아요. 그리고 친구들 말로는 해나가 착하고 공부도 잘해서 학교에서 인기가 좋대요. 그래서 반장도 된 거고요."

고 변호사가 물었다.

"그러니까 해나가 절도 행위를 한 다른 이유가 있을 거라는 말이죠?"

"네, 제 생각에는 그렇습니다."

권리아가 대답하자, 고 변호사는 잠시 생각하더니 말했다.

"해나를 한번 더 만나 보는 게 좋을 것 같네요. 내일 학교 끝나는 시간에 맞춰 권 변호사와 양 변호사가 만나 보세요."

"네, 알겠습니다."

권리아와 양미수가 대답하자, 고 변호사가 다시 말했다.

"오늘은 늦었으니 여기서 마치죠."

벌써 8시가 넘어가고 있었다. 그런데 바로 그때, 똑똑 노크 소리가 들렸다.

"네!"

고 변호사의 대답에 문이 열리더니, 한대호 대표 변호사가 고개를 빼꼼 들이밀며 물었다.

"끝났나요?"

한 대표의 갑작스러운 등장에 모두 놀라 벌떡 일어났다.

"대표님!"

고 변호사가 의아한 표정으로 대답했다.

"방금 끝났습니다. 그런데 왜 퇴근을 안 하시고……?"

퇴근 시간이 한참 지났는데, 한 대표가 퇴근도 안 하고 나타났으니 묻는 것이다. 한 대표가 씩 웃더니, 문을 활짝 열며 말했다.

"그래요? 그럼……."

그리고 다음 순간,

"생일 축하합니다~♬."

하 사무장이 케이크를 가지고 들어오며 생일 축하 노래를 부르기 시작했다. 아이들은 살짝 당황했지만 이내 상황을 파악하고 권리아 주위로 모여들며 같이 노래를 불렀다.

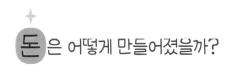

돈은 어떻게 만들어졌을까?

옛날 사람들은 필요한 물건을 서로 바꾸는 물물 교환을 했어.
하지만 물건마다 가치가 다른 데다 필요한 물건이 아닌 경우가 많았지.

바꿀래?

내가 손해야.
그리고 난 꿩이
필요해.

그 단점을 보완해 나타난 것이 쌀, 소금, 조개껍데기와 같은 물품 화폐야.

이 염소 사겠소.

쌀 두 자루
내시오.

이것도 들고
다니기에는 불편했지.

그 후 금이나 은 덩어리를 물건값으로 지불했는데,
일정한 모양이 없어서 관리하기 어려웠어.

크기가 다르니 일일이
무게를 재야 해.

물물 교환에서 물품 화폐, 금속 화폐, 지폐 등으로 발달했다.

"생일 축하합니다~♬."

권리아가 깜짝 놀라자, 고 변호사도 그제야 상황을 파악했다. 그리고 모두 함께 목소리를 높여 노래를 불렀다.

"사랑하는 권 변호사, 생일 축하합니다~♬."

"와!"

박수를 치자, 권리아가 촛불을 불어 껐다.

"후!"

"와!"

아이들이 더 크게 축하 박수를 쳤다. 권리아가 감동한 표정으로 인사했다.

"감사합니다, 정말 감사합니다."

그러더니 한 대표와 하 사무장에게 물었다.

"어떻게 아셨어요?"

하 사무장이 웃으며 대답했다.

"제가 우리 사무실 사람들의 대소사는 꽉 잡고 있거든요. 대표님께 말씀드렸더니, 이렇게 깜짝 파티를 준비해 주셨네요. 하하."

하 사무장은 일도 잘하지만, 따뜻한 마음과 꼼꼼한 성격으로 사무실 직원들을 잘 돌본다. 그래서 직원들의 생일뿐 아니라, 결혼식, 장례식 등 집안의 크고 작은 경조사까지 살

결혼식, 장례식

뜰하게 챙긴다. 또 한 대표는 일을 하면 되든 안 되든 무조건 밀어붙이는 성격에, 큰 목소리를 가져서 '한대포'라는 별명으로 불리지만, 알고 보면 따뜻하고 섬세한 마음을 가진 분이다. 그러니 이렇게 권리아의 생일까지 직접 챙겨 주는 것이다.

"감사합니다, 대표님! 감사합니다, 사무장님!"

권리아가 한 번 더 감사 인사를 했다. 그러자 한 대표가 양손 가득 들고 있던 봉투를 책상 위에 내려놓으며 말했다.

"생일인데 이 시간까지 일해 주니, 내가 더 고맙죠. 자, 다들 저녁도 제대로 못 먹었죠?"

유정의가 활짝 웃으며 말했다.

"와, 치킨에 피자까지!"

그러자 고 변호사가 미안한 표정으로 머리를 긁적이며 말했다.

"난 권 변호사 생일인 줄도 모르고……. 너무 늦게 끝내 미안해요."

"아니에요, 괜찮아요."

권리아가 손을 내저으며 말했다. 생일도 중요하지만, 일도 중요하니 말이다. 하 사무장이 권했다.

"자, 자. 배고프실 텐데 얼른 드세요."

"네, 잘 먹겠습니다!"

관혼상제

우리가 살아가다 보면, 여러 가지 일을 겪게 돼.
기쁜 일도 있고, 슬픈 일도 있지.

그중에서 우리 조상들은 네 가지 예식을 중요하게 생각했어.
이를 '관혼상제'라고 해.

관(冠)은 '관례'라고 하여, 정해진 나이가 되면 어른이 된다는 의미로
치르는 의식이야.

혼(婚)은 혼례를 말하는 것으로, 남자와 여자가 부부가 될 것을 약속하는 의식이지.

결혼식이야.

상(喪)은 상례로, 사람이 죽었을 때 치르는 의식이야.

'장례식'이라고 하지.

아이고~.

아이고~.

제(祭)는 제례로, 돌아가신 조상을 위로하기 위해 치르는 의식이지.

'제사'라고도 해.

관혼상제를 중요하게 여기는 풍습은 지금도 전해져, 각 가정의 중요한 행사로 치러지고 있어.

관혼상제
(冠婚喪祭)

관례, 혼례, 상례, 제례를 아울러 이르는 말

아이들은 신이 나서 동시에 대답했다. 그리고 모두 함께 피자와 치킨, 그리고 케이크까지 맛있게 먹었다. 아이들은 한 대표와 하 사무장이 자신들을 신경 쓰고 챙겨 주는 마음이 진심으로 고마웠다.

사실 처음 어린이 변호사 양성 프로젝트가 시작되고 아이들이 뽑혔을 때, 법조계에서는 반대하는 의견이 상당히 많았다. 법을 다루려면 무엇보다 정의롭고 공정한 생각과 자세가 필요한데, 아무리 내로라하는 똑똑한 영재들이라도 그런 생각과 자세를 갖추기는 힘들다고 생각했기 때문이다.

그러나 아이들은 그런 편견에 맞서며 최선을 다해 노력했고, 결국 로스쿨을 졸업하고, 당당하게 변호사 자격을 취득했다. 하지만 막상 아이들을 수습 변호사로 데리고 가려는 로펌은 거의 없었다.

그런데 그때, 한 대표가 적극적으로 나서서 이범을 수습 변호사로 영입했고, 이범의 뒤를 이어 권리아, 유정의, 양미수까지 수습 변호사로 받아 주었던 것이다. 그러니 아이들에게 한 대표는 은인이나 다름없는 분이다.

게다가 의뢰인들이, 어리다는 이유로 아이들에게 사건을 맡기지 않을 때도 한 대표는 직접 나서서 애를 많이 썼다. 그런데 이렇게 생일까지 챙겨 주니, 어찌 고맙지 않겠는가. 아이들

법

은 한 대표의 배려에 보답하기 위해서라도 더 열심히 일해야 겠다고 다짐했다.

한 대표와 고 변호사, 하 사무장이 먼저 퇴근하자, 양미수는 권리아에게 티셔츠를 생일 선물로 주었다. 그런데 티셔츠를 펼쳐 본 권리아가 황당한 표정으로 말했다.

"야, 이게 뭐야!"

티셔츠에 양미수와 권리아가 함께 엽기 표정을 지으며 찍은 사진이 프린트되어 있었기 때문이다. 그리고 밑에는 '우리 우정 포에버'라고 쓰여 있었다. 양미수가 자신의 가방에서 티셔츠를 하나 더 꺼내며 말했다.

"짠! 나도 있지. 우리 우정 포에버 커플 티야. 헤헤."

역시 양미수는 미수테리다. '미수테리'는 양미수의 별명이다. 가끔 엉뚱한 말과 행동을 하기 때문이다. 권리아가 말했다.

"커플 티? 그럼 좋지. 완전 맘에 들어. 헤헤."

둘이 죽이 척척 맞으니, 절친일 수밖에 없다. 그리고 유정의는 권리아에게 멋진 블루투스 스피커를 선물로 주었다.

"고마워. 잘 쓸게."

권리아가 좋아하며 인사하자, 이범이 미안해하며 말했다.

"미안, 나는 선물을 준비하지 못했네."

기껏 산 선물을 사기당해 벽돌로 받았으니 말이다.

법의 분류

법은 적용되는 영역에 따라 「공법」, 「사법」, 「사회법」으로 나눌 수 있어.

$$법(法) \begin{cases} 공법(公法) \\ 사법(私法) \\ 사회법(社會法) \end{cases}$$

「공법」은 국가와 개인 간의 관계를 규율하는 법이야.

「헌법」
국민의 권리와 의무, 국가의 통치
구조를 규정한 법률

「형법」
범죄의 유형과 형벌을
정해 놓은 법률

「소송법」
재판의 절차를 정해 놓은 법률

「행정법」
행정 기관의 조직과 작용,
구제에 대한 법률

「사법」은 개인 간의 사적인 생활 관계를 규율하는 법이지.

「민법」
가족 관계, 재산 관계를
정해 놓은 법률

「상법」
기업에 관한 사항을
규정한 법률

「사회법」은 「공법」과 「사법」이 혼합된 법으로, 개인 생활에
국가가 개입하여 권리와 의무 관계를 정해 놓은 법이야.

「노동법」
근로자들의 근로 관계를
규정한 법률

「사회 보장법」
사회 보장 제도에
관한 법률

「공법」, 「사법」, 「사회법」으로 나눌 수 있다.

"아니에요. 선배가 마음 써 준 것만으로도 감사해요."

권리아가 손사래를 치며 말했다. 그러자 양미수가 다시 해나 생각이 나서 물었다.

"그나저나 해나 사건은 어떡해요?"

"해나 어머님을 잘 설득해서 합의하도록 해야지."

이범의 대답에 유정의가 고개를 갸웃하며 말했다.

"해나 어머님이 그러실까요?"

아이들은 답답한 마음에 한숨을 내쉬었다.

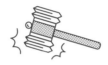

그런데 다음 날 오후, 해나 엄마가 다급하게 전화를 했다.

"변호사님, 어떡해요. 해나가 경찰서에 잡혀갔어요."

이범이 화들짝 놀라며 물었다.

"경찰서에요? 왜요?"

해나 엄마가 어쩔 줄 몰라하며 말했다.

"백화점에서 물건을 훔치다 잡혔다는데……. 모르겠어요, 어떻게 된 일인지."

물건을 훔치다 잡혔다니! 해나가 또 절도 행위를 했단 말인가. 해나 엄마가 간절한 목소리로 부탁했다.

"죄송하지만, 변호사님이 와 주시면 안 될까요?"

"네, 고 변호사님께 말씀드리겠습니다."

이범은 전화를 끊고, 고 변호사와 후배들에게 상황을 전했다. 모두 놀라 입이 떡 벌어졌다. 어제 엄마한테 그렇게 혼났는데, 또 절도를 했다니 말이 되는가. 유정의가 고개를 갸웃하며 말했다.

"어제는 반성하고 있는 것처럼 보였는데 이상하네요."

권리아가 말했다.

"제가 그랬잖아요. 해나가 자꾸 물건을 훔치는 다른 이유가 있는 것 같다고."

그래서 오늘 해나를 다시 만나 그 이유를 알아보려고 했는데, 먼저 일이 터진 것이다.

고 변호사가 권리아와 양미수에게 말했다.

"일단 경찰서에 가 봅시다. 권 변호사님이랑 양 변호사님이 같이 가시죠."

어제도 권리아와 양미수가 해나의 솔직한 진술을 얻어 냈으니, 이번에도 둘에게 맡기려고 하는 것이다. 고 변호사와 권리아, 양미수는 해나가 잡혀갔다는 여진 경찰서로 갔다.

경찰서에 도착해 보니, 해나는 경찰 앞에 앉아 있고, 해나 엄마는 그 뒤에 사색이 된 얼굴로 앉아 있었다.

"어머님!"

고 변호사가 해나 엄마를 부르자, 해나 엄마가 벌떡 일어나며 반겼다.

"변호사님!"

변호사라는 말에 해나가 놀라 뒤를 돌아보고, 경찰도 고 변호사와 아이들을 쳐다봤다. 고 변호사가 해나 엄마에게 물었다.

"신고하신 분은 어디 계시죠?"

해나 엄마가 마침 고소인 진술 조서를 쓰고 있는 직원을 가리키며 말했다.

"저분이에요."

고 변호사가 권리아와 양미수에게 말했다.

"만나 보세요."

"네, 알겠습니다."

권리아와 양미수가 대답하고 그쪽으로 가자, 고 변호사는 해나 옆으로 가서 경찰에게 명함을 내밀었다.

"법무 법인 지음의 고민중 변호사입니다."

경찰이 명함을 받더니 자리를 권했다.

"아, 네. 앉으세요."

고 변호사가 해나 옆에 앉으며 물었다.

"어떻게 된 일이죠?"

"이 학생이 세기 백화점 화장품 코너에서 화장품을 훔치다가 직원에게 발각됐고, 도망을 가다 백화점 보안 요원에게 붙잡혔답니다. 그래서 저희가 신고를 받고 출동해 현행범으로 체포했습니다."

경찰이 설명하자, 고 변호사가 말했다.

"네, 조사 시작하시죠."

경찰은 해나의 이름과 주민 등록 번호, 주소 등 기본적인 인적 사항을 물어보며 조사서를 기입하기 시작했다. 그러더니 잠시 후, 깜짝 놀라며 말했다.

"어, 영흥 경찰서에 절도 혐의로 고소당한 사건이 있네요."

피고소인의 인적 사항을 입력하면, 범죄 전력이나 고소당한 사건 등이 조회되기 때문이다.

"그렇습니다."

고 변호사가 대답하자, 경찰은 이제야 이해가 된다는 듯 말했다.

"그래서 변호인이 오면 조사를 받겠다고 하신 거구나!"

해나 엄마가 변호사가 온 다음에 조사를 받겠다고 버티고 있었던 모양이다.

경찰이 해나에게 물었다.

"오늘 오후 1시 30분쯤, 세기 백화점 1층 디오라 화장품 코너에서 화장품을 훔치다 체포됐죠? 혐의 인정합니까?"

해나가 고개를 숙인 채 대답했다.

"네."

현행범으로 체포됐으니 인정할 수밖에 없다.

"훔친 화장품이 뭐죠?"

"쿠션이랑 립글로스요."

경찰이 증거물 봉투에 담긴 화장품을 들어 보이며 말했다.

"이거 맞죠?"

"네."

해나가 대답하자, 경찰이 다시 물었다.

"두 물건의 가 격 을 합친 금액이 18만 원, 맞죠?"

"잘 모르겠어요."

해나의 대답에 경찰이 어이없는 표정으로 말했다.

"가격도 모르고 훔쳤어요?"

"네."

해나가 고개를 숙이고 대답하자, 경찰이 이어 물었다.

"직원이 훔친 물건을 가방에 넣는 것을 보고 물건을 훔쳤냐고 묻자, 직원을 밀치고 도망간 거 맞죠?"

"네."

해나는 자포자기한 듯 자신의 잘못을 순순히 자백했다. 경찰이 다시 물었다.

"마지막으로 물을게요. 훔친 이유가 뭐죠?"

경찰은 '갖고 싶어서'라는 대답을 할 거라고 예상했다. 그런데 해나는 다른 대답을 했다.

"그냥요……."

경찰이 한숨을 쉬며 말했다.

"말하고 싶지 않다는 거군요. 됐습니다. 혐의 인정했으니까 조사 끝내겠습니다."

그리고 고 변호사에게 덧붙여 말했다.

"영흥 경찰서에 같은 혐의로 고소된 사건이 있으니, 그쪽으로 이송하는 걸로 하겠습니다."

고 변호사가 대답했다.

"네, 알겠습니다."

사건이 이송되면, 영흥 경찰서에서 문구점 고소 건과 이번 사건을 함께 처리하게 될 것이다.

그 시각, 권리아와 양미수는 고소하러 온 백화점 직원을 만났다. 권리아가 먼저 사과의 뜻을 전했다.

"불미스러운 사건을 일으켜서 죄송합니다."

직원이 어이없는 표정으로 말했다.

가 격

가격은 상품의 가치를 돈으로 나타낸 것이야. 우리가 사는
물건이나 서비스에는 모두 가격이 매겨져 있어.

가격(價格)
값가(價) 격식격(格)

가격이 10,000원이라는 것은 그 옷의 가치가 10,000원이라는 뜻이야.
10,000원을 내면 돈과 옷을 맞바꿀 수 있지.

그런데 가격은 늘 똑같지 않아. 같은 물건이라도 더 비싸지거나 싸질 수 있어.

헉, 난 10,000원
주고 샀는데!

가격은
어떻게 결정될까?

사람들이 물건을 사고 싶어 하는 정도를 '수요'라고 해. 가격이 낮아지면 수요량이 늘어. 이를 '수요의 법칙'이라고 하지.

오, 싸다!

난 두 개 사야지.

5,000원

생산자가 물건을 팔려는 정도를 '공급'이라고 하는데, 가격이 높아지면 공급량이 늘어. 이를 '공급의 법칙'이라고 해.

비쌀 때 많이 팔아야지. 헤헤.

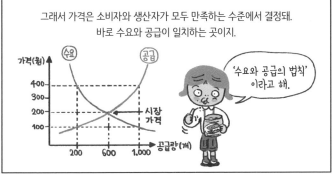

그래서 가격은 소비자와 생산자가 모두 만족하는 수준에서 결정돼. 바로 수요와 공급이 일치하는 곳이지.

'수요와 공급의 법칙' 이라고 해.

상품의 가치를 돈으로 나타낸 것

"그러니까요. 중학교 2학년이 절도라니."

그러더니 자신의 팔과 엉덩이를 만지며 말했다.

"저를 얼마나 세게 밀었는지 몰라요. 넘어지는 바람에 팔도 아프고, 엉덩이도 아프고……."

양미수가 미안한 표정으로 말했다.

"놀라고 아프셨겠어요. 빨리 병원에 가셔서 치료 먼저 받으세요. 치료 비용은 저희가 다 물어 드리겠습니다."

그러자 직원은 표정이 좀 풀어지며 말했다.

"그럴게요."

권리아가 진심 어린 마음으로 부탁했다.

"그리고 아직 어린 학생이고 반성하고 있으니까, 선처를 좀 해 주세요. 부탁드립니다."

한마디로 합의해 달라는 말이다. 직원이 곤란한 표정으로 말했다.

"글쎄요, 그건 제가 결정할 문제가 아닌 것 같네요. 윗분들께 말씀은 드려 볼게요."

"감사합니다. 잘 부탁드리겠습니다."

권리아와 양미수가 고개 숙여 인사했다. 그리고 직원이 차를 타고 돌아갈 때까지 배웅했다. 해나의 변호사이니, 어떻게든 사건을 잘 마무리할 수 있도록 최선을 다하는 것이다.

그리고 때마침 고 변호사가 해나와 해나 엄마와 함께 나왔다. 그런데 나오자마자 해나 엄마가 해나의 팔을 홱 낚아채며 화를 냈다.

"도대체 왜 이래! 학교도 안 가고, 또 도둑질이라니! 어제 그렇게 혼나고도 정신을 못 차린 거야? 내가 너 때문에 창피해서 살 수가 없어!"

그러자 해나가 엄마의 손을 홱 뿌리치며 소리쳤다.

"그럼 살지 마. 나도 살고 싶지 않으니까!"

그러더니 쏜살같이 뛰어나가는 것이 아닌가.

"해나야! 너, 어디 가!"

해나 엄마가 소리치며 따라가려고 하자, 고 변호사가 말렸다.

"어머님, 잠깐만요."

그러고는 권리아와 양미수에게 말했다.

"따라가 보세요."

"네!"

권리아와 양미수는 재빨리 해나를 쫓아갔다. 살고 싶지 않다니! 해나는 도대체 무슨 문제가 있는 것일까?

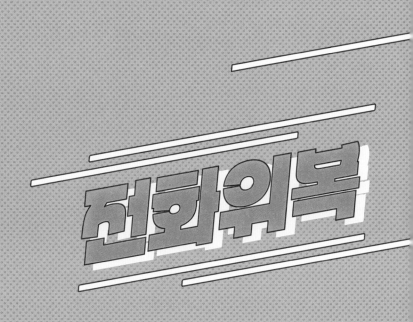

해나는 근처 공원으로 가더니, 벤치에 앉아 울기 시작했다. 권리아와 양미수가 다가가자, 해나는 창피한지 얼른 눈물을 닦았다. 권리아가 옆에 앉으며 위로의 말을 건넸다.

"더 울어도 돼요."

양미수도 해나 옆에 앉으며 물었다.

"어제 어머님께 많이 혼났어요?"

"네……."

해나가 작은 소리로 대답하더니, 또다시 울음을 터뜨렸다.

"흑흑."

울고 있는 해나를 보니, 권리아와 양미수는 마음이 안 좋았다. 그리고 해나가 계속해서 물건을 훔치는 이유가 더욱 궁금해졌다.

권리아가 조심스럽게 물었다.

"물건을 훔치는 이유, 다른 이유가 있는 거죠?"

해나가 한숨을 푹 쉬더니 털어놓기 시작했다.

"휴, 저도 제가 왜 그러는지 모르겠어요. 그냥 불안하고 힘들 때면 자꾸 훔치고 싶은 마음이 생겨요."

양미수가 물었다.

"불안하고 힘든 이유가 뭐예요? 성적 때문에 그런 건가요?"

전교에서 2, 3등을 할 정도로 공부를 잘한다고 하니, 혹시 성적에 대한 압박감 때문인가 해서 물은 것이다. 해나가 대답했다.

"성적도 그렇고, 학원 수업도 그렇고, 모든 게 힘들고 부담스러워요."

해나의 부모님은 해나에 대한 기대가 매우 크단다. 그래서 해나는 공부를 잘하는데도 불구하고 성적이 떨어질까 늘 노심초사한다는 것이다. 게다가 엄마가 짜 놓은 공부 스케줄에 맞춰 매일, 쉬는 시간도 없이 공부를 해야 하는 것이 너무 힘들다는 것이다.

"엄마가 꼭 영재고에 가야 한다고 하셔서 열심히 하기는 하는데, 솔직히 합격할 자신이 없어요. 그래서 자꾸 불안해지는 것 같아요."

부모님의 지나친 기대에 부응하기 위해 힘들어도 참고 열심히 공부했지만, 자꾸 자신감이 떨어지고 불안하고 우울한 마음이 든다는 것이다. 해나가 말을 이었다.

"그런데 수학 학원에서 본 시험을 망치고 엄마한테 엄청 혼난 날이었어요. 우울한 마음으로 문구점에 펜을 사러 갔는데, 갑자기 물건을 훔치고 싶다는 생각이 들었어요. 그래서 펜 하나를 훔쳤는데, 순간 짜릿한 기분이 들면서 기분이 나아지더라고요. 카타르시스가 느껴졌다고나 할까?"

카타르시스란, 마음속에 억압된 감정의 응어리나 상처를 어떤 언어나 행동을 통해 밖으로 드러냄으로써 정신적 안정이 느껴지는 것을 말한다.

"그때부터 물건을 훔치기 시작한 거예요?"

권리아가 묻자, 해나는 고개를 끄덕이며 대답했다.

"네, 불안한 마음이 들거나 우울한 기분이 들면, 자꾸 훔치고 싶은 충동이 생기는데, 참을 수가 없었어요. 당연히 나쁜 짓인 줄 알고, 또 언젠가는 들킬 걸 알면서도 어쩔 수가 없었어요."

권리아와 양미수는 해나의 심리 상태가 생각보다 심각하다는 생각이 들었다. 그리고 그러한 심리적 어려움을 절도라는 잘못된 행위로 해소하고 있는 것은 아닌가 생각했다. 그렇다면 해나에게 잘못했다고 혼을 내고 벌을 주는 것만으로는

해나의 도벽을 고칠 수 없지 않을까?

양미수가 물었다.

"이 이야기, 부모님도 알고 계시나요?"

해나가 답답한 표정으로 대답했다.

"아니요, 사실 도둑질한 것은 내가 잘못한 거니까 당연히 혼나야 한다고 생각해요. 그런데 내가 왜 그랬는지, 내 마음이 지금 어떤지는 엄마도 아빠도 관심이 없어요. 그저 창피하다, 이제 네 인생은 끝났다고만 하니까, 말할 수가 없었어요."

자신이 잘못했다는 것은 알고 있지만, 그래도 아픈 마음을 위로받고 싶었는데, 부모님의 반응에 해나는 더 큰 마음의 상처를 입은 것이다.

"그래서 오늘은 그냥 될 대로 대라, 하는 마음에 학교를 안 갔는데, 더 불안한 거예요. 그러다 보니까 훔치고 싶은 마음이 들어서 그만……. 흑흑."

결국 백화점에 가서 또 절도 행위를 하게 됐다는 것이다. 권리아는 해나의 이야기를 들으니 애처로운 마음이 들었다. 해나의 등을 토닥이며 위로의 말을 건넸다.

"그동안 말도 못하고, 마음이 많이 아팠겠네요. "

양미수도 해나의 손을 잡아 주며 말했다.

"실컷 울어요, 속이라도 시원하게."

장 발 장은 어떤 벌을 받을까?

장 발장은 빅토르 위고가
1862년에 발표한 소설
《레 미제라블》의 주인공이야.

빅토르 위고
프랑스의 소설가

춥고 배고픈 조카들을 위해
빵 한 조각을 훔쳤다가 5년 형을
선고받았지.

거기 섯!!

그리고 억울한 마음에 네 번이나
탈옥하는 바람에 무려 19년을
감옥에서 살았어.

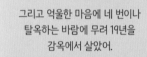

장 발장처럼 극심한 경제적 어려움에
처한 사람들이 저지르는 범죄를
'생계형 범죄'라고 해.

장 발장이
현대에 살았다면,
어떤 벌을 받을까?

꼬르륵.

최근에는 생계형 범죄의 경우, 정상을 참작하여 감형을 시켜 주기도 하지.

범죄 발생의 원인이 사회적 문제에 있으니, 관용을 베풀고 근본적인 예방책을 마련해야 한다고 생각하는 것이지.

관용 남의 잘못 따위를 너그럽게 받아들이거나 용서함

하지만 엄연히 범죄를 저지른 것이니, 제대로 처벌해 질서를 바로 세워야 한다는 주장도 많아.

절도죄로 처벌받으나, 생계형 범죄로 감형의 사유가 될 수 있다.

"흑흑."

해나는 어깨를 들썩이며 한참을 울었다. 권리아와 양미수는 해나 옆에서 조용히 기다려 주었다. 해나가 실컷 울고 마음이 좀 안정되자 눈물을 닦으며 말했다.

"제 얘기 들어 주고, 위로해 주셔서 고마워요."

권리아가 해나의 표정을 살피며 말을 꺼냈다.

"아니에요. 그리고 어렵겠지만, 그래도 부모님께는 솔직하게 털어놓는 게 좋을 것 같아요. 그래야 해결할 방법도 찾을 수 있어요."

양미수가 다정한 목소리로 물었다.

"직접 말하기 힘들면 우리가 말씀드려 줄까요?"

해나가 고개를 저으며 말했다.

"아니요, 제가 할게요. 이젠 할 수 있을 것 같아요."

권리아와 양미수의 말에 용기를 얻은 것이다. 권리아가 격려했다.

"잘 생각했어요. 그리고 우리의 도움이 필요하면 언제든지 말해 줘요."

해나가 희미하게 미소 지으며 말했다.

"그럴게요."

권리아와 양미수는 해나를 집까지 바래다 주었다. 그리고 해나 부모님이 해나의 어려움을 이해하고 보듬어 주었으면 하고 바랐다.

사무실로 돌아온 권리아와 양미수는 고 변호사와 이범, 유정의에게 해나의 현재 상태를 전했다.

고 변호사가 심각한 표정으로 말했다.

"아무래도 병적 도벽인 것 같네요."

"병적 도벽이요?"

양미수가 묻자, 고 변호사가 설명했다.

"네, 훔치고자 하는 욕망에 이끌려 강박적으로 절도 행위를 하는 심리 장애를 말합니다. 절도 행위가 잘못된 줄 알고, 또 하지 않으려고 하는데도, 그 충동을 억제할 수 없는 거죠. 훔치는 행위 자체에서 긴장감이나 흥분을 느끼기도 하고요. 우울증이나 불안 장애가 있는 사람들 중에 병적 도벽이 나타나는 경우가 꽤 있습니다."

이범이 걱정스러운 표정으로 물었다.

"그럼 얼른 정신 건강 의학과에 가서 치료받아야 하는 거 아닌가요?"

"그렇죠, 더 심해지기 전에 치료받는 게 중요한데……. 내가 해나 어머님을 만나서 잘 말씀드려 볼게요."

고 변호사의 말에, 유정의가 번뜩 생각나는 듯 말했다.

"정신 건강 의학과에서 불안 장애와 우울증으로 인한 병적 도벽이라는 진단을 받으면, 재판까지 안 갈 수 있지 않을까요? 검찰에서 기소 유예 처분이 날 수도 있을 것 같은데요."

「형법」제10조 제2항에 의하면, 심신 장애로 인하여 사물을 변별할 능력이나 의사를 결정할 능력이 미약한 자의 행위는 형을 감경할 수 있다고 되어 있기 때문이다.

그런데 유정의의 말에 권리아가 버럭 화를 냈다.

"지금 그런 말을 꼭 해야 해요? 지금은 형량 줄이는 것보다 해나가 치료를 받고 낫는 게 더 중요한 거 아니에요?"

유정의가 억울한 표정으로 말했다.

"그냥 그렇다는 거죠."

하지만 권리아는 해나가 걱정되는 마음에 저도 모르게 막 말을 하고 말았다.

"여하튼 유 변호사는 찔러도 피 한 방울이 안 나올 거예요."

권리아는 매사에 감정적이고 발끈하는 성질이 있다. 그래서 지금도 고 변호사가 있는 것을 잊고 생각나는 대로 말해 버린 것이다. 그나마 회의 중이라고 존댓말을 쓴 것이 다행이라고나 할까.

이범이 권리아에게 주의를 줬다.

"권 변호사, 말을 좀 조심하세요."

권리아가 그제야 상황 파악을 하고 고 변호사에게 사과했다.

"앗, 죄송합니다."

"흠흠."

고 변호사는 한마디 하려다가 그냥 헛기침을 하며 넘겼다. 고 변호사는 권리아가 이렇게 자신의 감정을 아무 때나, 쉽게 드러내는 것이 마음에 들지 않았다. 그런 성격이 의뢰인의 마음을 헤아리는 데는 좋을지 모르지만, 변호사로서 객관적이고, 이성적으로 문제를 해결하는 데는 걸림돌이 될 수 있기 때문이다. 그래서 몇 번 주의를 줬는데도 아직도 못 고치고 있으니 답답할 뿐이었다. 물론 권리아가 모든 일에 열정적이고 능력도 있다고 생각하지만 말이다.

권리아가 유정의에게도 사과했다.

"유 변호사님, 미안합니다. 말이 좀 심했네요."

"네."

유정의는 억울하고 화가 났지만, 회의 중이니 일단 참기로 했다. 그런데 고 변호사가 유정의의 의견에 동의했다.

"유 변호사가 잘 지적했어요. 변호사가 해야 할 일은 의뢰인의 법적인 문제를 해결하고, 최선의 결과를 얻는 것이니까요. 해나 어머님을 뵙고 그 부분도 말씀드리겠습니다."

법률 불소급의 원칙

사회가 변화하면 새롭게 등장하는 범죄들이 있어.
그럼 그 범죄를 다스릴 새로운 법률이 필요하지.

그래서 법률은 새롭게 만들어지기도 하고, 또 개정되기도 해.

그러나 법률은 그것을 시행한 이후의 사실에 대하여만 적용하고,
과거의 사실에 대하여는 소급하여 적용하지 않아.

동물 보호법

[시행 2024. 4. 27.] [법률 제19486호, 2023. 6. 20., 일부 개정]

소급 과거에까지 거슬러 올라가서 미치게 함

과거의 행위를 법이 바뀔 때마다 처벌하면 사회적 안정을 해칠 수 있고,
또 개인의 자유와 권리를 침해할 수 있기 때문이지.

헉!
나도 잡혀가는 거 아냐!

이를 '법률 불소급의 원칙'이라고 하는데,

법률 불소급(不遡及)의 원칙

소급하지 않는다.

「헌법」과 「형법」에 그 내용이 명시되어 있지.

「헌법」 제13조 ① 모든 국민은 행위 시의 법률에
의하여 범죄를 구성하지 아니 하는 행위로 소취되지
아니 하며……

「형법」 제1조 ① 범죄의 성립과 처벌은 행위 시의
법률에 의한다.

법률은 시행 전 과거의 사실에 대하여 소급하여 적용하지 않는다.

고 변호사가 자신의 의견을 들어 주니, 유정의는 마음이 좀 풀어졌다. 고 변호사가 말을 이었다.

"그리고 백화점 절도 건도 있으니까, 피해자와 합의하고 처벌 불원서를 받을 수 있도록 최선을 다해 봅시다."

처벌 불원서는 피해자가 피고인의 처벌을 바라지 않는다는 의사를 표명한 문서다. 피해자에게 사과하고 손해를 배상하기로 합의한 후, 피해자에게 처벌 불원서를 써 달라고 부탁해야 한다. 그리고 그것을 수사 기관이나 사법 기관에 제출하면 형량을 낮추는 데 도움이 될 수 있다.

"네!"

아이들이 대답하자, 고 변호사는 회의를 끝냈다. 그런데 유정의가 벌떡 일어나더니, 권리아에게 화난 표정으로 말했다.

"권리아, 나 좀 봐."

좀 전의 일을 따지려는 것이다.

"그, 그래."

권리아가 기죽은 목소리로 대답하고 유정의를 따라 나갔다. 이범이 걱정되어 양미수에게 물었다.

"둘이 싸울 것 같은데. 따라가 봐야 하는 거 아냐? "

양미수가 피식 웃으며 말했다.

"에이, 괜찮아요. 둘이 알아서 할 거예요."

이범은 걱정이 되는데, 양미수는 전혀 아무렇지도 않은 표정이었다.

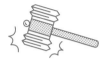

유정의는 자신의 방으로 권리아를 데리고 가더니 따지기 시작했다.

"너 정말 너무한 거 아냐? 나는 회의 중에 변호사로서 내 의견을 말한 거잖아. 그런데 뭐? 찔러도 피 한 방울이 안 나올 거라니! 그게 할 말이냐!"

권리아가 고개를 숙이고 손을 비비며 잘못을 빌었다.

"그래, 맞아. 넌 변호사로서 네 의견을 말할 권리가 있는데, 내가 또 욱해서……. 잘못했다, 용서해 주라."

권리아의 별명은 '또또권리'다. 언제 어디서나 '권리'라는 말을 잘 쓰기 때문이다. 하지만 유정의는 아직 화가 안 풀려 말했다.

"미안하다면 다야? 내가 아까 얼마나 창피했는 줄 알아!"

그러자 권리아가 애절한 눈빛으로 말했다.

"그럼 어떡할까? 어떻게 하면 화가 풀리겠니? 네가 하라는 대로 다 할게."

자유와 권리의 상징, 마그나 카르타

영국의 국왕 존(John)은 왕이 된 이후로 계속 프랑스와 전쟁을 벌였어.

존 왕
1199년부터
1216년까지
영국을 통치한 왕

하지만 연이어 전쟁에서 패했고, 1214년에는 프랑스 안에 마지막 남은 영국 영토까지 빼앗겼지.

으~.

마지막 영토까지 빼앗겼습니다.

백성들의 원성과 귀족들의 불만이 극에 달했어.

화가 많이 났네….

왕의 무능함에 진절머리가 나.

더 이상 참을 수 없어.

1215년, 결국 귀족들이 반란을 일으켰고, 런던 시민들도 동조해 전투가 벌어졌어.

왕은 물러나라!

존 왕은 마침내 굴복하고 귀족들이 만든 대헌장 '마그나 카르타'에 서명했어.

마그나 카르타 리베르타툼
(Magna Carta Libertatum)
자유 대헌장

왕의 독단적인 행동을 제한하고, 성직자와 귀족, 자유민의 자유와 권리를 보장한다는 내용이었지.

> 자유민은 누구를 막론하고······ 체포, 감금, 점유 침탈, 법익 박탈, 추방 또는 그 외의 어떠한 방법에 의하여서라도 자유가 침해되지 아니 하며······.
>
> – 마그나 카르타, 제39절

이후 마그나 카르타는 여러 차례 수정되고 다시 승인되면서 영국 「헌법」의 기초가 되었어. 또 미국의 독립 선언문에도 큰 영향을 미쳤지.

마그나 카르타

미국 독립 선언문

영국 「헌법」의 기초가 되었다.

권리아가 납작 엎드려 잘못을 비니, 유정의도 더는 화낼 수가 없었다. 유정의가 물었다.

"정말 내가 시키는 거 다 할 거야?"

"응, 정말. 뭐 할까? 뭐든지 시키기만 해."

유정의는 잠시 고민하더니 말했다.

"생각해 보고."

"그래, 그럼 언제든 말만 해. 알았지?"

권리아의 말에 유정의가 나가라는 손짓을 하며 말했다.

"알았어. 이제 됐으니까 가."

"그럼 화해한 거다!"

권리아가 문을 열고 나가며 말하자, 유정의가 버럭했다.

"알았다고!"

권리아와 유정의는 학교 다닐 때부터 아옹다옹하는 걸로 유명했다. 하지만 금방 또 화해하고 붙어 다니니, 참 알다가도 모를 사이다.

한편, 고 변호사가 해나 엄마에게 만나자고 전화를 하려는데, 마침 해나 엄마가 전화를 했다.

"변호사님, 지금 좀 뵙고 싶은데요."

해나가 약속대로 엄마에게 자신의 상태에 대해 솔직히 털어놓은 것이다.

"네, 사무실로 오시죠."

해나 엄마는 잠시 후 사무실로 왔다. 해나 엄마는 상당히 놀라고 당황한 모습이었다. 고 변호사가 먼저 말을 꺼냈다.

"해나 이야기는 들었습니다."

그러자 해나 엄마는 참고 있던 울음을 터뜨렸다.

"우리 해나, 어떡해요. 흑흑."

고 변호사가 조심스럽게 의견을 말했다.

"제 생각에는 전문의의 진료와 치료를 받는 게 우선일 것 같습니다."

해나 엄마가 고개를 끄덕이며 말했다.

"네, 그래야죠. 해나 공부에만 신경 쓰느라, 해나의 마음은 살피지 못했어요. 그런 줄도 모르고 혼내고, 어떻게든 빠져나갈 궁리만 했으니……. 전 엄마도 아니에요. 흑흑."

고 변호사가 위로의 말을 전했다.

"잘 치료받으면 괜찮을 거예요. 그리고 문구점도 그렇고, 백화점도 그렇고, 잘 합의하셔서 처벌 불원서를 받는 게 중요합니다. 고소인에게 해나의 사정을 이야기하면 합의해 주지 않을까요?"

"네, 그렇게 할게요."

해나 엄마의 대답에 고 변호사가 의견을 보탰다.

"그리고 병원에서 진료받으시면서 진단서를 좀 떼어 오세요. 해나의 연이은 절도 행위가 불안 장애나 우울증으로 인한 병적 도벽이라는 전문의의 소견이 있으면, 에 참작될 수 있으니까요."

해나 엄마가 고개를 끄덕이며 대답했다.

"알겠습니다. 말씀하신 대로 할게요."

다음 날, 해나 엄마는 해나를 데리고 정신 건강 의학과에 갔다. 해나는 고 변호사의 예상대로, 과도한 공부 스트레스로 인해 불안 장애와 우울증이 있으며, 그로 인한 병적 도벽 상태임을 진단받았다.

어렸을 때부터 부모님의 관심과 기대를 한 몸에 받고 자란 해나는 그에 부응하기 위해 늘 말 잘 듣고 공부도 열심히 하는 딸로 살아왔다. 그런데 중학교에 올라가면서 공부가 점점 어려워지고 부모님의 기대가 더 커지자, 자신의 능력이 그에 미치지 못할 것 같은 두려움이 생기기 시작했다는 것이다.

하지만 착한 딸, 모범생 딸로 살아왔던 해나는 차마 그 사실을 부모님께 말하지 못했고, 그것이 더 큰 불안을 불러일으키며 우울한 상태를 유발했을 거라는 것이다. 결국 해나는 불안 장애와 우울증을 치료할 수 있는 약을 복용하며 지속적인 치료를 받기로 했다.

그리고 해나와 해나 엄마는 고소인인 문구점 주인을 만나 해나의 사정 이야기를 했다. 문구점 주인은 해나의 사정을 이해하고 안타까운 표정으로 말했다.

"처음부터 시인했으면 고소까지는 안 했을 거 아니에요."

"죄송해요. 제가 엄마 자격이 없네요. 여러모로 폐를 끼쳤습니다."

해나도 진심으로 잘못을 빌었다.

"잘못했습니다. 다시는 안 그럴게요."

"그래, 얼른 치료받고 나아라."

문구점 주인이 해나를 격려하자, 해나가 감사 인사를 했다.

"네, 감사합니다."

문구점 주인도 자신의 잘못을 사과했다.

"그리고 해나 사진을 붙여 놓은 건 저도 잘못했습니다. 무인 가게를 하다 보니까 계속 물건이 없어지더라고요. 화가 나서 그런 건데…… 아이가 받을 상처를 미처 생각하지 못했습니다. 미안합니다."

"아니에요. 자꾸 손해를 보시니까 그러셨겠죠. 저도 제 아이만 생각하느라 사장님 마음을 이해하지 못했어요. 물건값은 제가 다 물어드리고, 손해 배상하겠습니다."

해나 엄마의 말에 문구점 주인이 말했다.

무인 가게

조 선 시 대 의 형 벌

조선 시대에도 범죄를 저지른 죄인에게 여러 가지 형벌을 내렸어.

어떤 형벌이 있었을까?

태형과 장형은 죄인의 엉덩이를 때리는 형벌이야.

도형은 무거운 죄를 지은 자를 옥에 잡아 두고 힘든 일을 시키는 형벌이지.

곤장을 쳐라!

으악!

태형 가벼운 잘못을 저지른 죄인의 엉덩이를 얇은 회초리로 때리는 것
장형 중한 죄를 지은 사람의 엉덩이를 굵은 나무로 때리는 것
곤장 죄인의 엉덩이를 치던 기구 또는 그 형벌

지금의 징역형과 비슷해.

태형, 장형, 도형, 유형, 사형 등이 있다.

무 인 가 게, 양심껏 이용하자!

무인 가게는 상품만 진열해 놓고 판매원이 없는 가게로,
고객이 상품을 고르고 직접 물건값을 내야 하지.

셀프 계산대

무인(無人)
없을 무 사람 인

가게 주인은 인건비를 줄일 수 있고,
고객은 보다 저렴한 가격으로
물건을 살 수 있어 좋지.

무인 아이스크림

주인

여기가 더 싸네.

인건비 사람을 부리는 데에 드는 비용

그래서 최근에는 다양한 업종의
무인 가게가 급속도로 늘고 있어.

무인 아이스크림 가게

무인 편의점

무인 사진관

무인 카페

무인 세탁소

무인 문구점

「형법」에 어긋난 행동을 하지 않도록 주의해야 한다.

"그래요, 그럼 이걸로 깨끗하게 마무리하는 걸로 하시죠."

그렇게 해나 엄마와 문구점 주인은 합의했다. 그리고 문구점 주인은 선뜻 해나의 처벌 불원서를 써 주었다. 또 백화점에서도 해나의 사정과 해나가 진심으로 반성하고 있는 모습을 보고 처벌 불원서를 써 주었다.

그리고 이틀 후, 해나는 경찰서에 가서 피고소인 조사를 받았다. 이범이 변호인으로 함께 참석했다.

경찰이 물었다.

"문구점에서 5회에 걸쳐 절도 행위를 한 것, 인정합니까?"

"네, 잘못했습니다."

해나가 자신의 죄를 인정하고 잘못을 빌자, 조사는 금방 끝이 났다. 이범이 준비한 서류를 경찰에게 제출하며 말했다.

"그리고 이건 해나의 진단서입니다."

경찰은 진단서를 자세히 살펴보더니 물었다.

"병적 도벽이라고요?"

"네."

이범은 해나가 어떤 심리적 문제로 절도 행위를 했는지 자세히 설명했다. 그리고 또 고소인들이 써 준 처벌 불원서도 제출했다. 그렇게 경찰 조사는 끝이 났다.

이범은 사무실로 들어와 조사 결과를 전했다. 고 변호사가 말했다.

"변호인 의견서만 내면 되겠네요."

변호인 의견서는 변호인이 사건에 대한 의견을 써서 제출하는 문서를 말한다. 보통 경찰 조사가 거의 끝날 때쯤 수사 기관에 제출한다.

"네, 잘 써서 제출하겠습니다."

이범은 변호인 의견서에 해나가 자신의 범행을 진심으로 반성하고 있다는 점, 고소인들과 합의한 후 충분히 보상했다는 점, 고소인들이 처벌 불원서를 제출했다는 점 그리고 전문의가 해나의 절도 행위가 정신적인 문제에 의한 것이라고 진단했다는 점 등을 들어 기소 유예 처분을 내려야 하는 사건이라는 의견을 적었다.

기소란, 검사가 형사 사건에 대하여 법원의 심판을 구하는 것이고, 기소 유예는 기소를 하지 않는 것을 말한다. 한마디로 해나의 범죄 혐의는 인정하지만, 여러 사정을 참작해 재판을 열지 않아야 한다는 의견을 낸 것이다.

이범은 다음 날, 경찰서에 변호인 의견서를 제출했다.

이제 경찰은 사건의 수사를 마무리하면서 수사 자료와 함께 사건에 대한 자신의 의견을 적은 의견서를 검찰에 보낸다. 그러니 경찰이 어떤 처분을 내릴지 기다려 볼 수밖에 없다.

다행히 이틀 후, 경찰은 해나 사건을 불기소, 즉 기소하지 않는다는 의견으로 검찰에 송치했다. 이범이 변호인 의견서에서 주장한 해나의 어려운 상황을 참작해 준 것이다.

"검찰에 가서 뒤집히지는 않겠죠?"

경찰이 불기소 의견으로 검찰에 송치했더라도, 검찰이 다시 기소 의견으로 재판에 넘길 수도 있기 때문이다. 또 보완 수사가 필요하다고 생각하면 재수사를 요청할 수도 있다.

양미수가 걱정스러운 표정으로 말하자, 유정의가 웃으며 대답했다.

"그럴 가능성은 거의 없을걸요."

고 변호사도 미소를 지으며 말했다.

"해나 어머님께 소식을 전해 드리세요."

사건이 잘 해결되어 고 변호사도 마음이 놓였다.

"네, 알겠습니다."

권리아가 대답하고, 해나 엄마에게 소식을 전했다. 해나 엄마가 감사 인사를 했다.

"정말요? 감사합니다. 이제 한시름을 놓았네요."

"고생 많이 하셨어요. 해나는 잘 지내나요?"

권리아가 묻자, 해나 엄마가 대답했다.

"네, 병원에 잘 다니고, 약도 잘 먹고 있어요. 그리고 공부

시간도 많이 줄이고, 가족이 함께 보내는 시간을 많이 만들고 있어요."

해나 부모님은 이번 일로 해나에게 어떤 부모가 되어야 할지 많은 생각을 했단다. 또 해나에게 지금 가장 중요한 것이 무엇인지, 해나가 진짜 하고 싶은 것은 무엇인지 깊이 있게 이야기를 나누고 있다는 것이다. 예상치 못한 사건으로 해나도 해나 부모님도 마음고생이 많았지만, 그래도 해나를 위해 더 좋은 방향으로 변화하려고 노력하고 있는 것이다.

권리아가 해나 엄마의 이야기를 전하자, 이범이 말했다.

"전화위복이네"

전화위복(轉禍爲福)이란, 재앙이 복으로 바뀐다는 뜻으로, 안 좋은 일이 계기가 되어 오히려 좋은 일이 생기는 경우에 쓰는 말이다. 아이들은 해나가 빨리 어려움을 극복하고, 더 편안한 마음으로 행복하게 살 수 있게 되길 간절히 바랐다.

해나 사건이 잘 마무리되고 다음 날 점심시간, 이범은 경찰서 사이버 수사대에 가서 자신이 당한 사기 사건을 신고했다. 그런데 경찰이 말했다.

"이 사람, 벌써 여러 명이 신고를 했네요."

"그래요? 그럼 지금 수사가 진행 중인 건가요?"

이범이 반기며 묻자, 경찰이 난처한 표정으로 대답했다.

"시작해야 하는데, 다른 큰 사건들이 많아서요."

금액이 크지 않으니, 다른 사건들에 밀려 수사를 시작하지도 못하고 있다는 것이다. 이범은 이해한다는 듯 변호사 명함을 내밀며 말했다.

"바쁘셔서 그러시겠죠. 제가 변호사거든요. 수사하시다가 필요하시면 언제든 연락 주세요."

경찰이 변호사라는 말에 놀라며 명함을 받았다. 그러더니 이범과 명함을 번갈아 보며 말했다.

"아…… 변호사시구나."

어린 나이에 변호사라니까 놀란 것이다. 그러더니 재미있다는 듯 웃으며 말했다.

"그런데 변호사가 어쩌다 이런 사기를 당하셨어요."

이범이 겸연쩍은 표정으로 말했다.

"그러게 말이에요. 사실 소액이라 그냥 넘어갈까 했는데, 뒤늦게 경찰청 사이버캅에 전화번호를 조회해 보니, 여러 건이 신고돼 있더라고요. 그냥 두면 안 되겠다 싶어서요."

"알겠습니다. 되도록 빨리 수사를 시작하도록 하겠습니다."

경찰의 말에 이범이 인사했다.

"그럼 잘 부탁드립니다."

그런데 이범이 회사로 돌아오자, 유정의가 반기며 말했다.

"선배, 이것 좀 보세요."

유정의는 이범에게 컴퓨터 화면을 보여 주었다.

"선배가 신고하러 간 사이에 혹시나 해서 중고 사기 피해자 모임 카페에 들어가 봤거든요. 그런데 박상민, 그 사람한테 당한 사람들이 꽤 많아요. 벌써 피해자 단체 채팅방까지 생겼더라고요. 들어가 보세요."

"그래? 알았어."

이범이 대답하고, 바로 박상민에게 사기당한 사람들이 만든 단체 채팅방에 접속했다. 그런데 채팅방에 참여하고 있는 사람만 해도 46명이나 됐고, 피해 금액을 모두 합치니 1,200만 원이 넘는 상황이었다.

"헉! 이 사람, 전문 사기꾼인데요."

권리아가 보고 놀라며 말했다. 양미수도 채팅방의 글들을 훑어보더니 말했다.

"단체로 고소하려고 하나 봐요. 변호사를 찾고 있는데요."

유정의가 권했다.

"선배가 나서 보세요."

이범이 잠시 생각하더니 결심한 듯 주먹을 불끈 쥐며 말했다.

"그래, 내가 이 사기꾼을 꼭 잡는다!"

이범은 채팅방에 자신이 변호사임을 밝히며 설명했다.

사기죄는 「형법」 제347조 제1항에 따라 10년 이하의 징역 또는 2천만 원 이하의 벌금에 처할 수 있습니다. 그리고 상습범의 경우 제351조에 의해 그 죄에 정한 형의 $\frac{1}{2}$까지 가중 처벌됩니다.

그러면서 자신이 박상민을 단체 고소하는 일을 맡겠다고 했다. 곧바로 채팅방에 고맙다, 잘 부탁한다는 댓글이 줄을 이었다.

　－ 정말요? 그럼 진짜 감사하죠.
　－ 변호사님이 계시니 든든하네요.
　－ 잘 부탁드려요.

　이범은 각자 사기당한 증거들을 모아 보내 달라고 했다. 그리고 며칠에 걸쳐 증거들이 다 모이자, 이범은 고소장을 작성해서 경찰서로 갔다.
　"사기범 박상민을 단체 고소합니다!"
　이범이 고소장과 증거물을 내밀자, 경찰이 놀라며 말했다.
　"역시 변호사님이라 다르네요."
　며칠 만에 그 많은 증거들을 다 모으고, 고소장까지 써 왔으니 말이다. 이 정도 증거면 단순 사기범이 아님이 확실하니, 경찰도 더 이상 수사를 미룰 수 없게 되었다.
　경찰이 말했다.
　"수사 진행되는 대로 알려 드리겠습니다."
　"네, 범인 잡히면 연락 주세요."
　이범은 부탁하고 사무실로 들어왔다. 그런데 수사가 시작됐다는 말을 듣고 권리아가 말했다.

"잡기 쉽지 않을 거예요. 그 정도 사기꾼이면, 이름도 가짜, 휴대 전화는 대포 폰, 통장도 대포 통장을 쓸 테니까요."

대포 폰과 대포 통장은 불법으로 개통한 전화와 통장을 말한다. 다른 사람의 명의(문서상의 권한과 책임이 있는 이름)를 돈을 주고 빌려 불법적으로 만드는 것이다. 휴대 전화와 통장을 개설한 사람과 실제 사용하는 사람이 다르니, 신분을 감추거나 경찰의 추적을 피할 수 있다. 그래서 사기나 보이스 피싱 등 각종 범죄에 많이 이용되고 있는 것이다.

"그럼 어떡하지?"

이범이 실망한 표정으로 묻자, 권리아가 말했다.

"기다려 봐야죠. 중고 거래 사이트에 접속한 아이피 주소를 추적하면, 잡을 수도 있으니까."

아이피(IP) 주소란, 인터넷으로 연결된 모든 컴퓨터에 주어지는 고유의 식별 번호를 말한다. 박상민이 중고 거래 사이트인 단무지 마켓에 접속할 때 사용한 컴퓨터의 아이피 주소를 알아내고, 그것으로 통신사에 등록된 소유자 정보를 찾으면, 박상민이 단무지 마켓에 접속할 때 사용한 컴퓨터가 있는 주소지를 알아낼 수 있는 것이다. 이렇게 아이피 주소를 추적하는 것은 경찰이 사이버 범죄를 수사할 때 많이 사용하는 방법이다.

아이피(IP) 주소

그러자 유정의가 문제를 제기했다.

"그 주소에 박상민이 진짜 살고 있지 않을 수도 있잖아."

양미수도 뉴스에서 본 기억이 나서 말했다.

"맞아, 추적을 피하기 위해 일부러 피시방 컴퓨터를 쓰는 경우도 많다던데!"

권리아가 의견을 말했다.

"걱정 마. CCTV를 확인해 범인을 추정하든 잠복을 하든 어떻게 해서든지 다 잡으니까."

권리아의 부모님은 두 분 다 경찰이다. 그래서 권리아는 경찰들이 어떻게 수사하고 범인을 잡는지 잘 알고 있다.

그런데 그때, 이범이 불쑥 말했다.

"그러고 보니, 다 편의점 택배로 보냈네."

권리아의 말을 들으며 증거물로 모은 택배 상자의 운송장(보내는 짐의 내용을 적은 문서)을 찍은 사진들을 살펴보다 발견한 것이다.

"게다가 모두 같은 편의점이야. 해피 편의점."

이범의 말에, 양미수가 고개를 갸웃하며 말했다.

"해피 편의점이 한두 군데도 아니고, 그 많은 곳을 다 뒤질 수는 없잖아요."

그때였다.

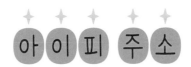

우리가 사는 집에는 다 주소가 있어. 그래서 집을 찾아갈 수 있고,
택배나 우편물도 배달될 수 있지.

인터넷으로 연결된 수많은 컴퓨터들도 다 주소가 있어.
그래야 서로 정보를 주고받을 수 있거든.

바로 이 주소를
'아이피 주소'라고 해.

아이피란, 인터넷이 통하는 네트워크에서 어떤 정보를 수신하고
송신하는 통신 규약(프로토콜)을 말해.

IP = 인터넷 프로토콜
Internet Protocol

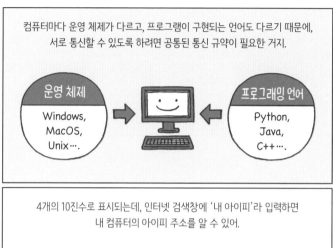

컴퓨터마다 운영 체제가 다르고, 프로그램이 구현되는 언어도 다르기 때문에, 서로 통신할 수 있도록 하려면 공통된 통신 규약이 필요한 거지.

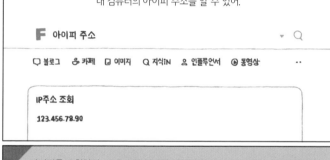

4개의 10진수로 표시되는데, 인터넷 검색창에 '내 아이피'라 입력하면 내 컴퓨터의 아이피 주소를 알 수 있어.

아이피를 조회하면, 그 주소와 연결된 컴퓨터가 있는 주소, 통신사 이름 등 많은 정보를 알 수 있어.

인터넷으로 연결된 모든 컴퓨터에 주어지는 고유의 식별 번호

"아니야, 잠깐만!"

권리아가 택배 사진들을 비교해 보더니 말했다.

"잡을 수 있을 것 같은데요."

"정말? 어떻게?"

이범이 놀라 묻자, 권리아가 사진을 가리키며 말했다.

"편의점에서 택배를 보내면, 이렇게 발송점 코드가 찍히거든요. 고객 센터에 알아보면 어느 지점인지 알 수 있을 거예요."

이범이 반기며 말했다.

"그럼 그 지점에 가서 박상민이 택배 보낸 시간의 CCTV를 확인하면 되겠네!"

"바로 그거예요!"

권리아의 말에 양미수가 박수를 치며 말했다.

"권리아, 역시 명탐정이야!"

권리아는 부모님의 능력을 물려받아 그런지, 예리한 눈썰미와 추리 능력을 갖고 있다.

권리아가 잘난 척하며 말했다.

"이제 알았냐, 내 능력을? 훗!"

이범은 곧바로 고객 센터에 전화해서 발송점 코드를 알려주고 어느 지점인지 물었다. 또 운송장 번호들을 이용해 박상민이 택배를 보낸 시간들도 알아냈다.

"갔다 올게."

이범이 전화를 끊고 벌떡 일어나자, 유정의가 따라나섰다.

"저도 같이 가요."

이범과 유정의는 해피 편의점 송정 지점으로 갔다. 그리고 편의점 주인에게 변호사 명함을 보이며 말했다.

"사기 사건 조사 중입니다. 여기 이 시간들에 택배를 보낸 사람을 찾고 있는데, CCTV 영상을 확인할 수 있을까요?"

"아, 네. 그러세요."

주인은 변호사라는 말에 흔쾌히 허락했다. 이범과 유정의는 가게 안쪽 사무실에서 CCTV 영상을 확인했다. 그리고 택배를 보낸 여러 시간대에 동일하게 찍힌 한 남자를 찾아냈다. 유정의가 화면의 남자를 가리키며 말했다.

"이 사람이네요."

20대 후반 정도로 보이는 덩치가 큰 남자였는데, CCTV 화질이 좋아 얼굴까지 선명하게 찍혀 있었다. 유정의는 영상을 경찰에 증거물로 제출하기 위해 USB에 저장했다.

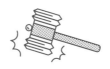

그런데 바로 그때였다. 편의점 문이 열리는 종소리가 들리더니, 한 남자의 목소리가 들렸다.

"택배 좀 보낼게요."

택배라는 말에 유정의가 고개를 내밀어 남자를 확인했다. 그런데 이게 누군가! CCTV 영상에 찍힌 바로 그 남자가 아닌가! 유정의가 CCTV 영상을 가리키며 놀란 목소리로 속삭였다.

"이 사람이에요. 지금 박상민이 택배를 보내러 왔다고요."

"정말?"

이범이 벌떡 일어나 확인하더니, 얼른 몸을 숨기며 말했다.

"맞네!"

유정의가 흥분한 목소리로 말했다.

"어떡해요? 잡아요?"

이범이 손사래를 치며 속삭였다.

"우리가 어떻게 잡아."

남자의 덩치를 보아 쉽지 않을 것 같았기 때문이다. 그러다 다치기라도 하면 안 되니 말이다. 이범이 말을 이었다.

"따라가서 어디 사는지 알아내자."

유정의가 고개를 끄덕였다. 이범과 유정의는 남자가 택배를 다 보낼 때까지 조용히 숨어 그 모습을 촬영했다. 그리고 남자가 나가자, 곧바로 남자의 뒤를 쫓았다. 남자는 편의점에서 빤히 보이는 집으로 들어갔다.

유정의가 다급한 표정으로 말했다.

"빨리 경찰에 신고해요."

이범은 곧바로 사건 담당 경찰에게 전화해 상황을 전했다. 그리고 증거로 확보한 CCTV 영상을 경찰에게 전송했다. 경찰이 CCTV 영상을 확인하더니 물었다.

"거기 주소가 송정동 19-2, 맞나요?"

이범이 주소를 확인하고 대답했다.

"네, 맞아요."

경찰이 말했다.

"그렇지 않아도 아이피 추적해서 집 주소를 알아냈는데, 바로 거기예요. 그런데 이름이 박상민이 아니라, 이용해예요."

권리아 말대로 가짜 이름을 쓴 것이다. 경찰은 아이피를 추적해 집 주소를 알아냈지만, 이용해가 진짜 사기범이라는 직접적인 증거가 없어 수사 중이었다는 것이었다.

"보내 주신 증거를 추가하면 체포 영장이 나올 거 같은데요. 바로 체포 영장 신청해서 체포하겠습니다."

아이들이 박상민, 아니, 이용해가 사기범이라는 중요한 증거를 확보한 것이다.

"알겠습니다. 그럼 부탁드릴게요."

이범이 전화를 끊자, 상황을 짐작한 유정의가 불안한 표정으로 말했다.

"체포 영장이 나오는 사이에 눈치채고 도망가면 어떡하죠?"

"에이, 설마."

하지만 이범도 불안한 마음이 들었다. 유정의가 이범의 마음을 알아채고 말했다.

"방법은 하나예요, 잠복."

"잠복? 우리가? 경찰도 아닌데?"

이범이 황당한 표정으로 묻자, 유정의가 설득했다.

"놓치는 것보다는 낫잖아요."

그건 그렇다. 어떻게 해서 찾아낸 범인인데, 눈앞에서 놓칠 수는 없는 일 아닌가. 하지만 이범은 망설였다.

"체포 영장이 언제 나올지 모르잖아. 오늘 안에 안 나올 수도 있고."

그러나 유정의가 이범을 편의점으로 끌고 가며 말했다.

"그럼 일단 저녁때까지만 지켜봐요."

솔직히 유정의는 경찰이 사기범을 체포하는 장면을 직접 보고 싶은 마음이 있었다. 어렵게 사기범을 추적했으니 말이다. 이범과 유정의는 김밥과 음료수를 먹으며 이용해가 집에서 나오는지 지켜봤다. 그렇게 저녁 6시가 좀 넘자, 이범이 말했다.

"늦었다. 그냥 가자."

자신의 일 때문에 유정의가 고생하는 것이 미안했기 때문이다. 유정의도 아쉽지만 포기하고 일어섰다.

"그래요, 오늘은 영장이 안 나오려나 보네요."

그런데 바로 그때, 경찰에게 전화가 왔다.

"체포 영장 나와서 지금 잡으러 갑니다."

이범이 반기며 말했다.

"빨리 나왔네요. 저희도 지금 여기에서 지켜보고 있어요."

"네? 지금까지요?"

경찰이 놀라며 묻자, 이범이 웃으며 대답했다.

"도망갈까 걱정돼서요."

"아, 네. 그럼 조금만 기다리세요. 금방 가겠습니다."

경찰도 웃으며 전화를 끊었다. 그리고 10분 정도 지나자, 경찰이 동료 1명과 함께 도착했다. 이범과 유정의가 편의점에서 나와 경찰에게 이용해의 집을 가리키며 말했다.

"저 집이에요. 아직 집에 있어요."

경찰이 고개를 끄덕이더니 말했다.

"알겠습니다. 위험하니까 저쪽 골목에 계세요."

경찰의 말에 아이들은 골목 안으로 몸을 숨겼다. 경찰이 초인종을 누르자, 이용해가 나왔다. 경찰이 체포 영장을 내밀며 말했다.

"이용해 씨? 중고 거래 사기 혐의로 체포합니다."

그리고 이용해에게 수갑을 채우려는데, 바로 그때였다.

"에잇!"

이용해가 잽싸게 몸을 돌려 도망을 치는 것이 아닌가.

"잡아!"

경찰이 소리치며 따라 뛰는데, 이용해가 아이들이 있는 골목으로 뛰어오는 것이다. 이용해는 아이들이 누군지 모르니 그대로 골목 안으로 뛰어 들어왔다. 유정의는 당황해 어쩔 줄 모르는데, 그때, 이범이 길가로 다리를 쑥 내밀었다.

"윽!"

순간, 이용해가 이범의 다리에 걸려 고꾸라졌다. 이범이 재빨리 이용해의 몸에 올라타며 소리쳤다.

"잡아!"

유정의도 이용해의 다리 쪽을 잡고 늘어졌다.

"놔, 놓으라고!"

이용해가 발버둥을 치며 소리쳤다. 그러나 곧이어 경찰들이 와서 이용해를 완전히 제압했다.

"윽!"

이용해가 신음을 냈다. 결국 사기꾼 이용해를 잡은 것이다. 경찰이 수갑을 채우며 말했다.

"변호사를 선임할 권리가 있고, 묵비권을 행사할 수 있으며, 불리한 진술은 거부할 수 있습니다."

결국 이용해는 경찰서로 끌려가고, 아이들도 그 뒤를 따랐다. 경찰이 이범이 제출한 증거들을 들이밀자, 이용해는 명백한 증거에 자백할 수밖에 없었다.

"제가 한 거 맞습니다. 죄송합니다."

이범이 날카로운 목소리로 물었다.

"피해 보상은 어떻게 할 겁니까?"

이용해가 비굴한 표정을 지으며 말했다.

"지금은 돈이 없어요. 그렇지만 되도록 빨리 갚겠습니다."

사기 친 돈을 생활비와 유흥비로 다 써 버렸다는 것이다. 이범이 경고했다.

"손해 배상 청구 소송을 해서라도 다 받아 낼 테니까 빠져나갈 생각은 하지 마세요."

결국 이용해는 유치장에 수감되었다. 이제 이용해는 재판에 넘겨져 죄에 합당한 벌을 받게 될 것이다. 경찰이 이범과 유정의에게 감사 인사를 했다.

자백 / 재판

자백

자백은 자기가 저지를 죄를 스스로 고백하는 것을 말해.

자백(自白)
스스로(자) 흰(백)

본격적으로 수사가 이루어지기 전에 죄를 뉘우치고 자백하면,
양형에 참작돼 감형될 수도 있어.

제가 훔쳤어요.
잘못했습니다.

그러나 경찰이 증거를 보이며 죄를 인정하라고 설득할 때
자백하는 경우가 많아.

증거가 있잖아요.
자백하세요.

네, 사기 친 거
맞습니다.

그런데 스스로 원해서 한 자백이 아닌, 고문이나 폭행, 협박,
속임수 때문에 한 자백은 유죄의 증거로 쓸 수 없어.

전 범인이 아니에요.
무서워서
자백한 거예요.

「형사 소송법」 제309조(강제 등 자백의 증거 능력)
피고인의 자백이 고문, 폭행, 협박……
기타의 방법으로 임의로 진술한 것이 아니라고
의심할 만한 이유가 있는 때에는 이를 유죄의
증거로 하지 못한다.

또 혐의를 입증할 다른 증거 없이 피고인의 자백이 유일한 증거일 때는
자백을 유죄의 증거로 삼지 못해.

「형사 소송법」 제310조
(불이익한 자백의 증거 능력)
피고인의 자백이 그 피고인에게
불이익한 유일의 증거인 때에는
이를 유죄의 증거로 하지 못한다.

자기가 저지른 죄를 스스로 고백하는 일

잔 다르크의 재판

1429년 백 년 전쟁에서 프랑스가 계속 지고 있을 때, 17세의 잔 다르크는 샤를 황태자를 찾아가 말했어.

저는 프랑스를 구하라는 신의 게시를 받았어요.

백 년 전쟁 1337년에서 1453년까지 지속된 영국과 프랑스의 전쟁

황태자의 허락을 받은 잔 다르크는 전쟁터로 나갔고, 앞장서서 영국군과 싸워 승리했지.

신께서 우리를 지켜 줄 것이다. 공격하라!

또 샤를 황태자가 대관식을 올리고 국왕이 되도록 도왔어.

샤를 7세

프랑스를 위기에서 구했으나, 마녀, 이교도로 몰려 화형당했다.

"도와주셔서 감사합니다. 덕분에 수월하게 잡았습니다."

이범도 감사 인사를 했다.

"아닙니다. 고생 많으셨습니다."

다음 날, 사무실에 나와 어제 있었던 일을 전하자, 권리아가 깜짝 놀라며 되물었다.

"둘이서 잡았다고요? 정말요?"

이범이 손사래를 치며 말했다.

"우리가 잡은 건 아니고……."

"그게 잡은 거죠."

양미수의 말에 유정의가 으쓱하며 말했다.

"맞아요, 잠복하고 도망치는 것도 우리가 잡았잖아요."

그러자 이범이 웃으며 인사했다.

"그래, 너희들 덕분에 잡은 거야. 도와줘서 고맙다."

"그런데 피해 금액 보상받기는 쉽지 않을 것 같은데, 어떡해요?"

권리아가 묻자, 이범이 대답했다.

"알아보니까 이용해가 살고 있는 집이 월세더라고. 일단 월세 보증금부터 가 압 류 하려고. 이용해가 자진해서 갚으면 다행이고, 아니면 손해 배상 청구 소송을 해야 하니까."

가압류란, 법원이 강제 집행을 위해 채무자의 재산을 임시

가 압 류

로 확보해 두는 것을 말한다.

그러더니 이범이 생각난 듯 권리아에게 쇼핑백을 건네주며 말했다.

"맞다. 이거, 생일 선물. 너무 늦어서 미안."

권리아가 화들짝 놀라며 손사래를 쳤다.

"아유, 아니에요. 안 줘도 돼요."

"받아."

이범이 다시 쇼핑백을 내밀자, 권리아가 받으며 인사했다.

"감사합니다. 헤헤."

그리고 기대에 찬 표정으로 쇼핑백을 열었는데, 이게 뭔가! 양미수가 보고 먼저 놀라며 말했다.

"아르테미스 피규어네!"

유정의도 화들짝 놀라며 물었다.

"또 중고 거래 사이트 에서 산 거예요?"

"응."

이범의 대답에 양미수가 장난스러운 표정으로 말했다.

"물건 잘 받은 거 보니까, 이번에는 사기 안 당했네요."

이범이 당연하다는 듯 말했다.

"그럼, 철저하게 알아보고 샀지."

권리아가 감동하며 말했다.

중고 거래 사이트

가압류

사기나 절도 등의 범행이나 잘못된 계약으로 인해 손해를 입었을 때는
어떻게 돈을 돌려받아야 할까?

헉, 사기 당했어!

가장 좋은 방법은 서로 합의하여 피해를 보상받는 것이야.
하지만 그렇지 못한 경우도 많지.

내 돈 줘요!

다 써서
없어요.

그럴 때는 재판을 통해 손해를 배상하라는 판결을 받아야 해.

피고는 원고에게
300만 원을 배상한다.

이겼다!

하지만 재판하는 데는 시간이 많이 걸려. 그래서 그사이에 피고(채무자)가
재산을 숨기거나 처분하면 돈을 못 받을 수 있지.

이를 예방하기 위한 방법이 바로 재산을 '가압류'해 놓는 것이야.

그럼 법원은 나중에 그 재산을 강제로 집행할 수 있도록
임시로 확보해 두거든.

법원이 강제 집행을 위해 채무자의 재산을 임시로 확보해 두는 것

중고 거래를 할 때 주의점

사용하던 중고 물품을 팔고
사는 것은 경제에도 도움이 되고,
환경 보호에도 좋아.

그래서 요즘은 중고
물품 거래를 많이 해.

1000

특히 중고 거래 사이트를 많이
이용하는데, 직접 보지 않고 거래를
하기 때문에 문제가 발생할 수 있어.

어떤 점을
주의해야 할까?

ㅠ ㅠ

일단 같은 상품인데도 값이 너무
저렴한 경우는 한 번쯤 의심해 봐야 해.

왜 이렇게 싸지?

아르테미스 피규어
10,000원

♡ 대화 톡

판매자의 전화번호나 통장 번호를
경찰청 사이버캅이나 사기 피해
정보 공유 앱에서 조회해 봐.

번호 검색 내역

검색 내역
사기 혐의로 5회
신고된 번호입니다.

사기꾼이네!

판매자가 올린 사진도 가짜일 수 있어. 실시간으로 촬영한 사진을 보내 달라고 하는 등 진짜 물건을 갖고 있는지 확인해.

판매자와 연락할 때는 내 개인 정보가 노출되지 않도록 조심하고,

만나지 않고 거래할 때는 안전 결제 시스템을 이용하는 게 좋아.

또 직접 만나 거래할 때는 사람이 많고 안전한 곳에서 만나야 해.

물품이 진짜인지, 판매자가 사기꾼은 아닌지 확인한다.

"고마워요, 선배. 진짜 마음에 들어요."

이범이 활짝 웃으며 말했다.

"마음에 든다니, 다행이다."

그런데 그 순간, 양미수는 활짝 웃는 이범의 표정이 놀라웠다. 이범은 늘 표정이 없는 편이라 활짝 웃는 경우가 거의 없기 때문이다. 그리고 그 모습이 얼마나 행복해 보이던지!

'진짜 행복한 표정이네!'

양미수는 왠지 이상한 생각이 들었다.

'선배가 혹시 리아를?'

이범이 권리아를 좋아하고 있는 것은 아닐까 하는 생각이 든 것이다.

법무 법인 지음,
그곳엔 아주 특별한 변호사들이 있다!

각종 사건 사고를 해결하며 진짜 변호사로 성장하는
변호사 어벤저스의 멋진 활약이 펼쳐진다.

어린이 법학 동화
변호사 어벤저스

글 고희정 ✦ 그림 최미란 ✦ 감수 신주영